COLLÉGIENNES

Lisi Harrison

COLLÉGIENNES

Tome 1

ÇA PROMET !

Traduit de l'anglais (américain)
par Julie Lopez

LA MARTINIÈRE
JEUNESSE

Illustration de couverture : Loïc Locatelli-Kournwsky

Édition originale publiée sous le titre *Girl Stuff*
par G. P. Putnam's Sons, une marque de Penguin Random House LLC,
New York.

une marque des éditions de La Martinière,
57, rue Gaston Tessier, 75019 Paris.
ISBN : 979-10-401-1288-4

www.editionsdelamartiniere.fr

Conforme à la loi n° 49-956 du 16 juillet 1949
sur les publications destinées à la jeunesse.

Chères lectrices, ce roman est pour vous,
car les problèmes de filles, c'est difficile.
Soyez gentilles les unes envers les autres
et essayez de rire de tout.

♥

Ce livre est aussi pour Luke et Jesse Harrison,
même s'ils ne le liront probablement jamais.
(Ne me lancez pas
sur les problèmes de garçons !)

CHAPITRE 1

Fonda Miller colla une photo sur son tableau de visualisation et sourit un peu. Un sourire en demi-teinte qui, dans un texto, aurait nécessité deux émojis, puisqu'il était à la fois joyeux et triste.

Sur cette photo, elle et ses meilleures amies, Drew Harden et Ruthie Goldman, étaient mortes de rire, affalées les unes sur les autres sur la pelouse de Fonda. Ce cliché avait été pris deux mois plus tôt, en juin, juste avant que cinq parents sans cœur ne les séparent cruellement.

Elles étaient tellement tristes de devoir se dire au revoir avant les vacances d'été qu'elles s'étaient attachées les unes aux autres par les chevilles pour protester. Pendant qu'elles faisaient les nœuds, Joan, la mère de Fonda, avait tenté de les convaincre que ces huit semaines passeraient en un clin d'œil. Depuis l'allée voisine, le père de Drew avait rajouté :

— Cette séparation vous fera du bien. D'autant plus que vous serez dans le même collège à la rentrée.

— Il a raison, avait renchéri Mme Harden. Même les meilleures « copsines » ont besoin de faire un break de temps à autre.

Drew avait levé ses yeux noisette au ciel. Sans doute parce qu'elle avait horreur des jeux de mots de sa mère.

— Pourquoi elle ne peut pas dire *voisines* et *meilleures copines* comme une personne normale ? avait-elle grommelé, faisant rire Ruthie et Fonda de plus belle.

Quant aux parents de Ruthie, ils étaient trop occupés à faire leurs bagages pour leur road trip en famille jusqu'à Washington. Mais s'ils avaient été là, ils auraient probablement dit quelque chose comme : « Poplar Creek est un endroit magnifique, mais sans aucune offre culturelle et encore moins de diversité. C'est important de sortir de notre bulle ensoleillée en Californie du Sud pour explorer le monde. » C'était le genre de phrase qu'ils rabâchaient. Apprendre, c'était leur sport préféré.

Même si leurs parents avaient simplement cherché à les aider, leurs paroles n'avaient pu combler l'abîme de solitude qui s'était creusé dans l'estomac de Fonda. Elles ne pourraient faire passer plus vite ces longues journées d'été. Ni remplacer leurs sorties à vélo en quête de yaourt glacé. Ce n'étaient que des distractions bien intentionnées, des pansements verbaux qui ne tenaient jamais vraiment.

Et donc, les chevilles liées par une vieille corde à sauter, Fonda, Drew et Ruthie s'étaient dirigées à grandes enjambées et déterminées vers la sortie de leur impasse. *Bye bye, Poplar Creek ! Bonjour, l'endroit où les adultes laissent les « copsines » passer l'été ensemble. Un endroit où le yaourt glacé est gratuit et avec garnitures à volonté !*

Et puis… *bam !*

Au bout de quelques secondes, elles s'étaient étalées dans l'herbe, désynchronisées et, le lendemain, elles étaient séparées.

À présent, deux mois plus tard, Fonda avait hâte de les revoir, et plus encore de leur montrer sa nouvelle coiffure ultra-sophistiquée au fer à lisser. Plus que trois dodos…

— Joan, est-ce qu'on peut arrêter maintenant ? demanda Winfrey, la sœur aînée de Fonda, qui s'était mise récemment à appeler leur mère par son prénom.

Debout devant la table de la cuisine, la jeune fille de seize ans tenait sa paire de ciseaux du bout des doigts, tel un vieux sac à main.

— Je commence à *visualiser* un grand ennui, poursuivit-elle.

Winfrey avait obtenu son permis de conduire ce matin-là (il avait fallu trois tentatives !) et elle se prenait pour une star. Mais bon, quand on a des yeux vert cactus, des mèches couleur caramel et trois trophées de surf, il y a sans doute de quoi.

— Moi, je ne visualise plus rien du tout, renchérit Amelia en frottant ses yeux bleus pour en rajouter une couche.

À quatorze ans et demi, elle était cool d'une autre façon, tout aussi intimidante. Grande et agile, c'était une joueuse de beach-volley redoutable qui réussissait à faire passer un maillot de bain pour une tenue vestimentaire acceptable. Cela dit, c'étaient ses cheveux ondulés d'un roux flamboyant et ses lunettes de soleil stylées qui lui valaient l'admiration de ses fans.

Et puis il y avait Fonda. Petite, la poitrine plate et qui adorait secrètement ces tableaux de visualisation de rentrée. Les morceaux de papier, les boîtes de plats chinois à emporter et l'odeur de la colle la faisaient frémir d'excitation. Ou alors peut-être était-ce parce que, pour la première fois de l'été, elle ne ressentait plus l'absence de ses amies comme un grand vide douloureux dans son ventre. Ce soir, elle n'essayait pas de s'incruster dans les activités de ses sœurs, elle ne scrollait pas en boucle les photos de vacances des autres sur les réseaux sociaux, tout en regardant ou re-regardant des films Netflix. Ce soir, les filles Miller passaient du temps ensemble. Winfrey et Amelia ne la traitaient pas de pot de colle. Pour une fois, elle était dans le coup, elle aussi.

— Franchement, Joan, insista Winfrey en mordant dans un ravioli chinois, pourquoi est-ce qu'on doit faire ça ?

— Les tableaux de visualisation nous aident à identifier nos objectifs, répondit leur mère avec la patience de quelqu'un qui ne l'a pas *déjà* expliqué. Plus d'une fois.

— Quel intérêt ?

— Si on ne peut pas les visualiser, on ne peut pas les concrétiser.

— Il doit exister une appli pour ça, intervint Amelia en commençant à pianoter sur son téléphone.

— Pour *quoi ?*

— Pour concrétiser ses objectifs.

Joan lui prit son portable des mains et le fourra dans la poche de sa salopette.

— Pas d'écrans. Concrétisez avec vos mains. C'est plus gratifiant.

— Hé, Amelia, pourquoi tu ne collerais pas une photo d'appli de tableaux de visualisation sur ton tableau de visualisation ? plaisanta Fonda. Comme ça, tu en auras une.

Personne ne rit. Au lieu de ça, Winfrey agrippa son ventre et gémit :

— C'est le branle-bas de combat, là-dedans. Je peux sortir de table ?

— Pareil, lança Amelia avec un minuscule sourire en coin. Je crois que le poulet *moo shu* n'était pas bon.

Sur ce, elles partirent en gloussant, laissant derrière elles deux tableaux de visualisation anémiques, l'un avec une photo de plage tropicale collée de travers, l'autre avec une image de surfeurs autour d'un feu de camp.

La plupart des mamans auraient insisté pour qu'elles reviennent, mais Joan, professeure d'études féministes à l'Université de Californie, encourageait la liberté d'expression, même quand cette expression ne méritait pas d'être libérée.

— Tu as mangé du poulet avarié, toi aussi ? demanda-t-elle à Fonda, lui offrant une porte de sortie.

Fonda secoua la tête, parce que, vraiment, qu'aurait-elle trouvé de mieux à faire un mardi soir ? Les petits boulots qui l'avaient occupée tout l'été s'étaient terminés. Ce qui lui convenait très bien, d'ailleurs. Au-delà d'un certain nombre de bébés à garder, de chiens à promener et d'heures à travailler au snack de la piscine municipale, on risquait de perdre la boule. Quant à Drew et Ruthie, elles ne seraient de retour que vendredi, et la rentrée scolaire n'aurait lieu que la semaine suivante. Donc oui, Fonda se visualisait bien en train de visualiser (pardon pour le jeu de mots).

D'ailleurs, on ne pouvait pas dire que ses sœurs l'avaient invitée à feindre l'intoxication alimentaire avec elles. Comme toujours, elles prévoyaient sans doute de filer sur une plage retirée ou chez un mec mignon. Et, comme toujours, leurs projets ne l'incluaient pas.

Ce n'était pas qu'elles ne l'aimaient pas. Simplement, elles n'avaient pas besoin d'elle. À leurs yeux,

Fonda était encore un bébé, même si elle venait d'avoir treize ans, soit moins de deux ans d'écart avec Amelia. Tant que son corps ne ferait pas d'elle une femme, ses sœurs continueraient de lâcher des trucs du genre : « Euh, un peu d'intimité, s'il te plaît », ou « Cette conversation est interdite aux enfants ». Elles chuchotaient entre elles et entraînaient leurs amis dans leurs chambres, dont elles claquaient la porte. Elles suppliaient Fonda de se charger de leurs corvées quand elles avaient leurs règles et oubliaient de la remercier. Leur manque de considération était aussi douloureux qu'un millier de pistolets perce-oreilles lui trouant le cœur. Quand Drew et Ruthie étaient là, elle en souffrait beaucoup moins, même si elle ne pouvait s'empêcher de toujours désirer l'approbation de ses sœurs.

Heureusement, Amelia allait changer d'établissement, si bien que Fonda serait enfin la seule Miller au collège de Poplar. Les garçons ne lui demanderaient plus à quelle plage ses sœurs allaient le week-end, les filles ne voudraient plus savoir où elles faisaient leur shopping. Toutes les questions que l'on poserait à Fonda ne concerneraient plus que Fonda. Il n'y aurait pas de version plus âgée et plus cool d'elle dans les couloirs. Pour une fois, elle serait la Miller qui compte. Elle attirerait peut-être même enfin l'attention des Avas – les seules filles du collège de Poplar à qui Amelia n'avait jamais adressé la parole. Fonda ne pouvait s'empêcher de se demander ce qui rendait trois filles aux prénoms et à la personnalité identiques aussi spéciales. Les Avas ne lui avaient jamais accordé ne serait-ce qu'un regard, trop occupées à rire et à rejeter en arrière leurs cheveux parfaitement ondulés.

À vingt et une heures trente ce soir-là, tout ce que Fonda désirait pour son année de cinquième était collé bien à sa place. Certes, elle avait mal aux pieds et s'était coupé les mains avec le papier, mais si visualiser ses rêves pour qu'ils se réalisent fonctionnait, alors Fonda serait tellement occupée à dominer qu'elle en oublierait que ses sœurs l'oubliaient.

Pour commencer, elle ferait enfin partie d'un groupe d'amies. *Son* groupe d'amies. Elle ne passerait plus d'une bande à l'autre, ne devrait plus jouer des coudes pour trouver une place à la cafétéria, comme elle avait dû le faire en sixième après que Maddie et Kaia, ses plus proches amies à l'école primaire, étaient parties dans un établissement privé. Dorénavant, on lui garderait une place et, si elle ne venait pas la prendre, deux personnes le remarqueraient. Elle n'aurait plus l'impression que les Avas avaient tout pour elles, car avec Drew et Ruthie, Fonda aurait *réellement* tout. Pour la toute première fois, elles seraient dans le même établissement, et elles montreraient aux Avas ce qu'était une véritable amitié. Au revoir, coups bas, arrivisme et regards en coin méprisants. Les copsines lanceraient des tendances, répandraient la joie autour d'elles et se soutiendraient comme des soutifs à armature.

Fonda s'écarta de la table de la cuisine pour admirer les coupures de magazine de mode collées sur son tableau. Son objectif numéro deux était de devenir le modèle des cinquièmes dans le domaine vestimentaire. Oui, elle devrait y arriver en portant les vieux vêtements de ses sœurs, mais elle le ferait avec panache. Sa spécialité, ce serait de combiner les motifs avec audace et décontraction. Tenez-vous bien, *crop tops* de Winfrey et lunettes de soleil d'Amelia. Il va y avoir une nouvelle influenceuse en ville !

— Qu'est-ce que ça symbolise ? demanda Joan en pointant du doigt le cercle rouge dans le coin supérieur droit du tableau.

— Mes objectifs corporels, répondit Fonda, tandis que son visage devenait de la même couleur que le rond en question.

— Comment ça ? Ton corps est parfait tel qu'il est.

Fonda leva les yeux au ciel.

— Tu dis ça parce que tu es ma mère.

— Non, je le dis parce que c'est vrai. Tu devrais remercier chaque jour ton corps de…

— De quoi, d'être paresseux ?

— Non, d'être en bonne santé.

— Ça n'a rien à voir avec la *santé*, maman.

— Va dire ça à quelqu'un de malade, répliqua Joan en entortillant ses boucles cramoisies et indisciplinées en un chignon qu'elle fixa avec une baguette propre.

La poitrine – plate – de Fonda se serra. Sa mère avait raison, et c'était justement pour ça qu'elle lui en voulait. Ou alors, elle s'en voulait à elle-même d'être aussi superficielle. Mais comment éprouver de la reconnaissance envers quelque chose qui renforçait son sentiment d'infériorité par rapport à ses sœurs ? Elle n'allait jamais en virée shopping avec sa mère pour acheter des soutiens-gorge. Elle n'allait jamais voir cette Allemande, Katrine, qui leur faisait des soins du visage anti-acné. Et, bien entendu, elle n'avait jamais le droit de manger des sablés à la cannelle en guise de dîner quand elle souffrait de douleurs menstruelles.

— C'est juste que j'ai treize ans et que je n'ai pas...

Fonda leva les yeux au ciel et battit des paupières pour réprimer ses larmes. Les gamines pleuraient, pas les adolescentes. Joan se mordit la lèvre, retenant un sourire.

— Chérie, la plupart des jeunes de ton âge n'ont pas confiance en eux et feront tout pour que tu te sentes aussi mal qu'eux. Ne tombe pas dans le panneau. Aime-toi, quoi que disent les autres, et ton corps se développera quand il sera prêt. Et, en attendant, profite de celle que tu es aujourd'hui, car « aujourd'hui » ne reviendra jamais.

— Waouh, marmonna Fonda. C'est vraiment déprimant.

Avec un sourire chaleureux, Joan rompit un biscuit chinois et tendit à sa fille le petit papier niché à l'intérieur. Dessus, il était écrit : *Une occasion en or va bientôt se présenter.*

Fonda le lut plusieurs fois.

Si cette prédiction signifiait ce que Fonda espérait – ce qu'il *fallait* qu'elle signifie –, alors la jeune fille allait former un groupe d'amies populaires avec Drew et Ruthie, lancer les tendances chez les cinquièmes, et ses sœurs la considéreraient enfin comme une égale. Si cette prédiction disait vrai, cette année serait la meilleure de sa vie.

Et si le biscuit chinois se trompait ?

Ce n'était tout simplement pas envisageable.

CHAPITRE 2

L'endroit favori de Drew Harden au camp familial Battleflag était l'infirmerie. En particulier pendant l'heure qui suivait le petit déjeuner, pour des raisons qu'elle préférait garder pour elle. Quand quelqu'un lui demandait pourquoi, ce qui arrivait souvent, elle répondait : « L'infirmerie est le seul bungalow équipé d'un ventilateur. » Ce qui leur fermait rapidement le clapet.

Alors que la saison estivale touchait à sa fin, Drew aidait l'infirmière Cate à tout ranger. Pas tant pour la raison qu'elle préférait garder pour elle, mais parce que Cate avait été son mentor pendant tout l'été. Plus « baby-sitter cool » que « professionnelle de santé », elle lui avait appris à traiter les égratignures, les coups de soleil et les piqûres d'abeille afin que Drew puisse elle aussi réaliser un jour son rêve, devenir infirmière.

Au semestre dernier, lors de la journée « Job de mes rêves » à St. Catherine, l'établissement privé pour filles où Drew n'était plus obligée d'aller, sa professeure de leadership s'était montrée préoccupée par son « manque d'ambition ». *Infirmière ? Pourquoi pas médecin ou chirurgienne ?* avait-elle griffonné sous la note B - de la rédaction de Drew. La jeune fille en avait déduit que cette femme n'était jamais allée aux urgences.

En tant que passionnée de skate, Drew avait eu son lot de blessures, et les infirmières des urgences l'avaient toujours aidée à se sentir mieux. Et puis, c'étaient elles qui nettoyaient le sang avant l'arrivée des médecins, et Drew était fascinée par l'hémoglobine et les viscères. Pas à la façon glauque d'un serial killer. Il s'agissait plutôt d'une saine curiosité encouragée par les parents. *À quoi ressemble l'intérieur de mon corps ? Quelle consistance a-t-il ? Et comment sept mètres d'intestins peuvent-ils tenir là-dedans ?* Bien sûr, les livres et vidéos pouvant répondre à ces questions ne manquaient pas, mais rien ne remplaçait le fait de voir ça en vrai. Comme les paquets cadeaux mal faits, les blessures permettaient de jeter un coup d'œil à l'intérieur.

Si Drew avait pu participer aux activités du camp, l'infirmerie lui aurait peut-être paru moins attirante, mais Battleflag appartenant à ses parents, elle et son frère aîné, Doug, n'étaient pas là pour jouer, mais pour travailler. Ils étaient payés, ce n'était donc pas une forme d'esclavage déguisé, n'empêche qu'ils ne pouvaient pas faire du skate toute la journée. Drew avait droit à un jour de congé par semaine pour nager dans le lac, profiter du half-pipe, de l'accrobranche, et fabriquer des bracelets d'amitié pour Fonda et Ruthie, qui lui manquaient encore plus que le yaourt glacé. Mais sympathiser avec les campeurs était interdit.

« Nos clients viennent ici pour créer des liens avec *leur* famille, pas avec la nôtre », lui rappelaient souvent ses parents. Heureusement, ils ne lui interdisaient pas de fréquenter l'infirmerie après le petit déjeuner. C'était donc là qu'elle se trouvait, occupée à débrancher des câbles, à emballer des abaisse-langues et à jeter des regards à la dérobée à l'horloge du micro-ondes. Encore une fois, elle avait ses raisons.

— Le voilà ! annonça Cate d'une voix chantante.

— Qui ça ? demanda Drew en rougissant, bien qu'elle sache exactement de qui Cate parlait.

— Will Wilder. Il vient prendre son médicament contre les allergies tous les matins, après le petit déjeuner. Tu n'avais pas remarqué ?

— Non.

Drew vérifia son reflet dans la fenêtre. Sa queue-de-cheval était haute et serrée, son front épargné par les boutons, et son débardeur pêche mettait en valeur son bronzage. Et si Will avait un problème avec les shorts en jean découpé et les Vans à carreaux, il devrait faire avec. Parce que, après six ans à porter des jupes écossaises et des blazers dans son école privée, Drew comptait bien se montrer telle qu'elle était. Elle avait enfin le droit de choisir ses tenues, et elle avait choisi le confort. Donc si Will préférait les filles délicates qui sursautent dès qu'elles voient une souris et se baladent en minijupes et sandales, tant pis pour lui. Cela dit, il ne risquait pas de le savoir, vu qu'ils ne s'étaient jamais parlé.

— Il y a un sachet en plastique étiqueté *Wilder* dans le frigo. Tu veux bien aller le chercher ? demanda Cate avant de se mettre à taper sur son ordinateur portable, pourtant éteint.

— Moi ? lança Drew d'une voix stridente. Pourquoi moi ?

— Parce que l'été est terminé, chuchota l'infirmière en relevant les yeux. C'est ta dernière chance.

— Ma dernière chance de quoi ?

— De lui parler.

— Qu'est-ce qui te fait croire que j'ai envie de lui parler ?

Cate haussa ses sourcils épais.

— Euh, peut-être parce que tu viens tous les matins.

— Et alors ?

— Et alors, je n'ai jamais besoin d'aide le matin, et tu le sais. Tu viens parce que c'est le moment où Will passe prendre son médicament contre les allergies.

— Ah bon ?

Drew gloussa, démasquée. Cate ferma son ordinateur.

— Parle-lui.

— J'ai passé ces six dernières années dans un établissement pour filles. Je ne sais pas comment faire.

— Dans ce cas, tu ferais mieux de trouver.

Le son étouffé de baskets grimpant les marches en bois interrompit leur conversation. Cate courut aux toilettes, alors qu'elle n'en avait pas besoin.

— Non ! Ne t'en va pas !

— Je reviens tout de suite !

La porte-moustiquaire s'ouvrit en grinçant, et Will entra.

Vêtu d'un T-shirt blanc maculé de taches d'herbe et d'un short vert militaire, il avait la beauté ébouriffée d'une star de la chaîne Nickelodeon après une longue journée de tournage. Ses cheveux blonds hirsutes semblaient supplier qu'on leur accorde une coupe de rentrée, tandis que l'expression narquoise de son regard bleu jean répondait : « Vous pouvez toujours rêver. » Ce garçon se préoccupait plus de remporter les défis athlétiques du camp (ce qu'il faisait toujours !) que de son allure. Et c'était précisément pour ça qu'il avait un look parfait. Cependant, ce qui attirait surtout Drew, ce n'était pas ce qu'elle voyait de lui, mais ce qu'elle devinait. Il avait l'air drôle, mais pas casse-cou. Gentil, mais pas barbant. Il aimait la compétition, mais pas à tout prix. En gros, c'était elle en garçon.

Cela dit, tout cela n'avait pas d'importance. Une fois qu'elle lui aurait donné son médicament, ils ne se reverraient probablement jamais.

— Salut, dit-il de sa voix rauque. Je viens chercher mon…

— Levocetirizine, le coupa Drew sans réfléchir, fonçant vers le frigo avant qu'il ne puisse l'accuser de l'espionner.

— L'infirmière a un *Krown Rookie* ? demanda-t-il en se penchant pour examiner le skate calé contre le mur, près de la porte.

Drew pouffa de rire en imaginant Cate – plutôt du genre discrète – traverser le camp sur un skate rose orné de flammes violettes.

— Il est à moi.

— Je t'ai vue en faire. Tu es douée.

Drew revint avec le sachet et un sourire timide.

— Merci.

— J'aurais bien aimé en faire avec toi, mais…

— Mais quoi ? demanda-t-elle, faussement décontractée.

— Je n'arrivais *jamais* à m'éloigner de mon unité, répondit-il en se moquant de la devise de Battleflag, *Unités familiales, unissez-vous !*

— Rester auprès de sa famille est le ciment de la famille, ajouta Drew, citant la chanson du camp, qui reprenait elle-même un auteur célèbre, un certain Mitch… quelque chose.

— Ouais, fit Will en se frottant la nuque. Être tout le temps ensemble, c'est un peu trop, parfois.

— Alors imagine grandir ici, répliqua-t-elle.

Il rit un peu.

Elle rit un peu aussi.

Il regarda ses baskets rouges.

Elle jeta un coup d'œil vers les toilettes. Que fabriquait Cate ?

— Cool, ton collier, reprit Drew pour briser le silence, mais aussi parce qu'elle était réellement charmée par les coquillages ivoire, qui lui rappelaient le collier de Maui dans *Vaiana*.

Will y porta aussitôt la main, comme pour s'assurer qu'il était encore là.

— Je l'ai fabriqué pendant l'atelier de travaux manuels en famille.

— Cool.

Le silence revint, encore plus pesant. Chargé de la gêne qui surgit quand on ne sait plus quoi dire. En revanche, le bavardage intérieur de Drew fonctionnait à plein régime. *Parle. Fais la fille intelligente et charmante. Enfin, pas trop charmante, sinon il va croire que tu flirtes. Et pas trop intelligente, sinon il va croire que tu te la pètes. Dépêche-toi ! Sinon il va partir. Remarque, il vaut peut-être mieux qu'il parte. Après tout, il faudra bien qu'il s'en aille à un moment ou un autre, alors autant en finir tout de suite. Argh ! Si je n'avais pas passé toutes ces années dans une école privée pour filles, je saurais quoi dire. Fonda saurait quoi dire. Ses sœurs aussi, sans aucun doute. Ruthie, peut-être que oui, peut-être que non, mais quand bien même elle ne saurait pas, elle lui balancerait un de ses « Savais-tu que… ? », et ça ferait illusion. Je voudrais tant qu'elles soient là. Il faut que je mémorise son apparence pour pouvoir le leur décrire. Oh non, on vient de se regarder dans les yeux ! Regarde ailleurs !*

— Comment tu t'es fait cette cicatrice ? demanda-t-il en désignant la fine ligne blanche entre la lèvre supérieure de Drew et sa narine gauche.

— En jouant au zombie.

Elle rougit. La cicatrice était très discrète. Si Will l'avait remarquée, ça voulait dire qu'il la regardait vraiment.

— À colin-maillard ?

Drew hocha la tête. *Personne ne connaissait jamais le jeu du zombie !*

— C'est arrivé quand j'avais neuf ans. Mon visage a rencontré une branche d'arbre.

Will hocha la tête comme s'il ne comprenait que trop bien.

— Tu as déjà joué au zombie sur ton skate ? demanda-t-il.

— Non. Et toi ?

— Le parking de mon collège a été pavé l'année dernière, alors on y joue le week-end.

— Il a l'air sympa, ton collège.

— Ouais. Le week-end.

Drew rit un peu.

Will rit un peu aussi.

— Tu vas à quel collège ?

— Poplar Middle.

— Arrête ! lança Drew en lui tapant sur le bras. Sérieux ?

— Euh, oui, répondit Will en se frottant le bras. Tu le connais ?

— C'est là que je vais !

— Sans blague ? demanda-t-il en rougissant. En cinquième ?

— Ouaip.

— Comment ça se fait que je ne t'ai jamais vue ?

— J'allais à St. Catherine, avant. Je vais commencer à Poplar cette année. Est-ce que les profs sont stricts ?

— Lezz tomber, répondit-il avant de rougir de plus belle. Désolé. C'est une réplique d'un vieux film de skate que j'ai trouvé sur YouTube. Hyper ringard, mais je fais une fixation dessus.

— *The Skateboard Kid* ?

— Tu connais ?

— On le regarde tout le temps, mon frère Doug et moi, répondit Drew avec un sourire qui lui parut trop large pour son visage.

— Pas possible.

— Je te jure !

La porte-moustiquaire grinça de nouveau, puis se referma par à-coups derrière une femme brune et athlétique portant un chapeau à large bord, un débardeur Battleflag et une quantité toxique de produit anti-insectes.

— Ah, te voilà ! lança-t-elle à Will en adressant un sourire poli à Drew. Tu as récupéré ton médicament ? Ton père et ta sœur t'attendent dans la voiture.

Drew tendit le sachet à Will.

— Merci, dit-il, plus au sachet qu'à la jeune fille. On se verra au collège, je suppose.

— Sauf si tu joues au zombie.

— Quoi ?

— Tu ne verras rien avec un bandeau sur les yeux.

— C'est vrai.

Il passa une main dans ses cheveux, formant des épis blonds comme des pics de dinosaure.

— Il faudra que tu y joues avec nous, un jour.

— Avec plaisir.

Elle aurait voulu lui demander quand exactement et y être déjà.

— Will, on y va ! lui rappela sa mère.

— Je ferais mieux de…

— Ouais.

— OK.

— Au revoir, lança Drew en le saluant d'un geste raide de la main.

Le genre de geste qui veut dire : *Ma main te dit au revoir, mais pas mon cœur.* Drew cligna des yeux, enregistrant une vidéo mentale de ce moment un peu pathétique, genre je-suis-déchirée-mais-pas-toi, puis la rangea dans le dossier « À analyser par Ruthie et Fonda ». Elle retrouverait bientôt ses meilleures copines, et elle avait hâte de tout leur raconter. Dans les moindres détails.

CHAPITRE 3

La Maison-Blanche était majestueuse. Contempler le bassin réfléchissant du Capitole au crépuscule avait été magique. Et les dix-sept monuments aux morts américains avaient ému aux larmes la famille Goldman. Néanmoins, les retrouvailles qui s'apprêtaient à avoir lieu dans la chambre de Ruthie s'annonçaient comme *le* moment le plus mémorable de son été, et de loin.

Désolée, Washington, pensa-t-elle en vidant son sac à dos rempli de brisures d'amandes égarées, d'épluchures de taille-crayon et de six magazines de mots croisés. Ruthie avait apprécié cette aventure avec ses parents – un buffet à volonté pour son cerveau –, mais maintenant, celui-ci était repu. Et elle était contente d'être rentrée à la maison.

Après tout, c'est là où se trouve le cœur, et le sien, abandonné, mourait de faim. D'autant plus qu'elle n'était pas autorisée à utiliser des appareils électroniques, même pour rester en contact avec ses amies. Elle avait imaginé des retrouvailles saturées de cris de joie dans l'allée, mais Fonda était partie faire des courses avec ses sœurs, et Drew, qui n'était rentrée du camp que depuis une demi-heure, défaisait ses bagages.

Mais tout ça n'avait aucune importance, puisqu'elles arriveraient dans sa chambre d'ici à – elle consulta sa Timex rose – cinq minutes ! Soit trois cents secondes avant le début de leur soirée pyjama du vendredi, la première en deux mois.

Ruthie avait hâte d'entendre les descriptions hilarantes que Drew faisait toujours des campeurs de Battleflag, et de savoir comment Fonda avait jonglé avec ses trois jobs d'été. Elle avait hâte de piquer des frites dans leurs assiettes sans avoir à leur demander la permission, de rire de leurs rots, puis de s'endormir au son de leur respiration collective. Bref, il lui tardait de retrouver ses copines, une bonne fois pour toutes.

Là-dessus, elle ramassa Foxie, le dernier objet encore sur son tapis, et le glissa dans son lit. Foxie était sa peluche secrète et adorée. Seuls ses parents et ses meilleures amies savaient qu'elle l'avait encore. Ruthie l'avait découverte cinq ans plus tôt dans le bac à objets trouvés des CE1. Son museau pointu dépassait tel un tuba de plongée du méli-mélo de pulls, de baskets et de boîtes à déjeuner. La pauvre créature était toute seule. Ruthie n'avait pas eu d'autre choix que de la sauver, d'autant plus que la peluche et elle avaient une ribambelle de points communs :

1. Des yeux sombres brillant de curiosité
2. Des oreilles dressées, alertes et prêtes à apprendre
3. Pas de frères et sœurs
4. La solitude
5. Une affection particulière pour le mot « ribambelle »

La sonnette retentit, suivie par l'habituelle série de coups à la porte en code Morse : un son long suivi de deux rapides pour la lettre D. Puis deux courts, un long, un court, pour le F. Sa bande était de retour ! Quelques instants plus tard, Drew, Fonda et Ruthie fusionnaient dans une triple étreinte, sautillant à travers la chambre et couinant de joie. Les huit semaines de jeûne amical étaient officiellement terminées.

— Tes cheveux ! s'exclama Ruthie en regardant Fonda.

Autrefois bouclés, ses cheveux brun cannelle étaient désormais lisses, brillants, et arrivaient jusque sous ses clavicules.

— Je me suis acheté un fer à lisser avec l'argent de mes baby-sittings, expliqua Fonda en caressant ses longueurs. Tu aimes ?

— Oui ! répondit Ruthie avec enthousiasme.

Pour être tout à fait honnête, Ruthie regrettait un peu les boucles de son amie. Elles lui donnaient un air sympa, accessible, toujours enthousiaste. Sans elles, Fonda paraissait plus âgée, plus sérieuse. Comme quelqu'un qui est bien décidé à venir à bout de sa longue liste de tâches.

Ruthie complimenta ensuite Drew sur ses cheveux qui avaient encore blondi grâce au soleil d'été.

— Et toi, tu es…, commença Drew en examinant Ruthie et sa peau pâle de fille qui passe l'été à lire.

— Exactement pareille, conclut Fonda.

Elles avaient raison. Ruthie était toujours plus grande que Fonda et plus petite que Drew. Ses grands yeux bleus se passaient toujours de mascara. Sa frange de cinq centimètres et son carré jusqu'au menton n'avaient pas bougé d'un poil. (Qu'on puisse regarder *Le Fabuleux Destin d'Amélie Poulain* et ne pas copier la coiffure d'Audrey Tautou laissait Ruthie perplexe.)

— Tant mieux, répondit Ruthie, ravie, car la constance la rassurait. Si, regardez, j'ai quelque chose de nouveau !

Elle désignait le mur derrière son lit. Comme le reste de sa chambre, il était décoré avec des puzzles qu'elle avait assemblés au fil des ans, mais il arborait un nouveau détail.

— Vous voyez ?

Drew et Fonda sautèrent sur le lit pour voir de plus près.

— Tu as rapproché la plage des chats noirs ? tenta Drew.

— La plage a toujours été à côté des chats, intervint Fonda. La tempête de neige est nouvelle ?

— Elle l'a depuis le CM1.

— C'est vrai…, reconnut Fonda en se tapotant le menton.

L'inquiétude de Ruthie se transforma en excitation. Quoi de plus stimulant qu'un défi mémoire ?

— Vous donnez votre langue au chat ?

— NON ! répondirent en chœur ses deux amies.

Puis, au bout de quelques secondes, Drew s'écria :

— Le Washington Monument !

— Exact !

— J'ai gagné !

Drew se mit à faire une danse de la victoire sur le lit. Pas pour faire sa maligne, mais parce que la compétition, c'était dans son ADN. Les Harden mangeaient littéralement leurs céréales dans des trophées.

— Attaque de snacks ! s'écria alors Fonda en repoussant les coussins du coin lecture de Ruthie pour y étaler ses offrandes : des brownies, des bonbons à la fraise, des biscuits apéritifs, et les oranges obligatoires.

Comme toujours, elle dissimula le tout sous une couverture, sauf les oranges, qu'elle mit en évidence sur le bureau de Ruthie, au cas où sa mère entrerait.

Dr Fran Goldman, pédiatre farouchement opposée aux aliments transformés, insistait pour que tous les en-cas soient préparés dans sa cuisine, exclusivement avec des ingrédients naturels. En gros, son garde-manger débordait d'amandes et de raisins secs bons pour le cœur. Or, en toute honnêteté, seuls les bébés et les grands-parents aiment les raisins secs. Chez Drew, la situation était tout aussi tragique, puisque ses parents suivaient un régime hyperprotéiné d'homme des cavernes. En revanche, le garde-manger de Fonda recelait de trésors. Joan tenait tellement à élever des femmes indépendantes qu'elle demandait à ses filles de faire les courses. Sa seule règle : si vous attrapez des caries, c'est vous qui payez les plombages. Et donc, en pleine soirée pyjama, Fonda se passait après chaque friandise du fil dentaire juste sous leur nez. Est-ce que c'était dégoûtant ? Oui. Mais est-ce que ça les dérangeait pour autant ? Bien sûr que non.

Elles passèrent l'heure suivante à se gaver de sucreries en rattrapant le temps perdu. Ruthie voulait qu'elles lui fassent le récit complet de chaque journée qu'elles avaient passée loin d'elle, et Fonda et Drew se firent un plaisir de lui raconter leurs vacances dans le moindre détail. Enfin sûre de tout savoir, elle se laissa aller contre un oreiller.

— Plus que trois dodos avant le collège de Poplar, annonça-t-elle, aux anges.

Pour la première fois, elles seraient toutes dans le même établissement. Elles auraient les mêmes horaires, les mêmes profs, les mêmes amis. Son ancien collège, Forest Day, était anti-cliques, anti-notes, anti-technologie, anti-fêtes d'anniversaire, anti-plastique, anti-sucre, et anti-fun. Il n'y avait qu'un truc bien : ça s'arrêtait après la sixième.

— J'ai trop hâte qu'on soit assises à côté en cours, dit Ruthie.

Elles voyaient ses amies et elle comme des pièces de puzzle s'imbriquant parfaitement, sans aucun effort.

— J'ai trop hâte qu'on mange ensemble le midi, renchérit Fonda en ouvrant le sachet de biscuits apéritifs.

— Et qu'on y aille à pied ensemble, ajouta Drew.

— Et qu'on aille faire pipi ensemble.

— Et qu'on révise ensemble.

— Et qu'on se voie dans les couloirs.

— Et qu'on aille aux mêmes fêtes.

— Et aux mêmes boums.

— Et aux mêmes sorties scolaires.

— Et Will, laissa échapper Drew.

— *Will* ? demanda Ruthie, pas sûre d'avoir bien entendu. C'est quoi, « will » ?

— Will Wilder, répondit Drew en mordant dans un bonbon.

— Comment est-ce que tu le connais ? demanda Fonda, la bouche pleine de chips.

— En fait… il y a une petite chose que j'ai oublié de vous dire.

Les joues rouges, Drew leur rejoua sa conversation avec Will à l'infirmerie avec une telle abondance de détails que Ruthie aurait presque pu sentir l'odeur des semelles en plastique de ses baskets rouges, voir son collier de coquillages, et percevoir le goût de son médicament contre l'allergie. Et plus Drew parlait, plus son visage brillait, non pas sous l'effet d'un excès de sébum, mais bien d'un excès de béguin.

Il n'y avait qu'une seule réaction correcte à ce moment-là : se réjouir pour elle. Alors pourquoi Ruthie avait-elle envie de prendre Foxie dans ses bras, de renifler la partie de son oreille qui sentait la banane et de pleurer ? Pourquoi l'idée que Drew puisse appartenir à un autre puzzle l'emplissait-elle de panique ? Après tout, Drew n'avait pas dit qu'elle allait se débarrasser de Ruthie. D'ailleurs, elle n'avait rien dit à propos de Ruthie, elle n'avait parlé que de Will. C'était peut-être ça, le problème. Après huit semaines de séparation, pourquoi ne disait-elle pas que Fonda et elle lui avaient manqué ? Elle leur avait tout raconté sur le camp familial, mais elle n'avait pas mentionné le fait que ses amies lui avaient manqué.

— Ce sera bon pour mon objectif, intervint Fonda, dont les yeux marron paraissaient dorés à la lumière du soleil couchant, qui entrait par la fenêtre.

— Je le savais ! s'exclama Ruthie, soulagée que Fonda prenne les choses en main, comme toujours. Cette coiffure, ce n'était pas pour rien.

— Tu as un objectif par rapport à Will ? demanda Drew, décontenancée.

— Mon objectif, c'est de nous imposer, de dominer.

Drew passa les bonbons à la fraise à Ruthie, qui lui tendit un brownie. Elles étaient tout ouïe.

— Qu'est-ce que tu veux dominer ? s'aventura à demander Ruthie.

— Les cinquièmes.

Ruthie et Drew échangèrent un bref regard. Elles savaient que Fonda enviait ses sœurs aînées, qui n'avaient jamais besoin de Google pour savoir comment s'habiller, quoi faire ou quoi dire. Elles savaient, tout simplement, sans avoir à se renseigner. Elles ne doutaient jamais de leurs décisions ou de leurs tenues. Elles ne se demandaient jamais si elles avaient eu l'air bêtes après une conversation.

Les deux jeunes filles savaient aussi que leur amie en avait assez de vivre dans leur ombre parfumée. Qu'elle voulait être sous les projecteurs, qu'on la voie. Mais « dominer » ? Seuls les méchants dans les dessins animés voulaient ça.

— Et comment tu vas t'y prendre ? s'enquit Drew.

— Pas moi. *Nous.*

Ruthie se rongea l'ongle du pouce. Ses objectifs pour Poplar étaient un peu plus modestes :

1. S'amuser avec ses meilleures copines
2. Garder une moyenne de vingt sur vingt
3. Ne pas se perdre

— Dominer me paraît un peu prétentieux pour des nouvelles comme nous, tu ne penses pas ? demanda Ruthie en regardant Drew. On devrait peut-être viser quelque chose d'un peu plus réaliste, par exemple se faire une nouvelle amie avant Halloween…

Fonda froissa le sachet vide de biscuits apéritifs.

— On n'a pas le temps d'être réalistes. Les Avas ont déjà publié un post sur la fête garçons-filles qu'elles vont organiser en octobre, alors que les cours n'ont pas encore commencé. Mais si on a Will, peut-être qu'on pourrait organiser notre propre soirée mixte.

— Qu'est-ce que tu as, avec ces Avas ? l'interrogea Ruthie, qui ne comprenait pas pourquoi trois filles avec le même prénom avaient autant d'importance pour son amie.

En effet, Fonda parlait d'elles au moins une fois par semaine. Et ce, pas pour mentionner les trucs drôles qu'elles disaient, leurs hobbies enrichissants pour l'esprit ou leurs contributions à la société, pour peu qu'il y en ait. Elle rabâchait simplement qu'elles se croyaient géniales et qu'elles ne laissaient personne s'asseoir à leur table pour le déjeuner.

— Ça fait des années qu'elles t'obsèdent. Je ne comprends pas.

— Elles m'obsèdent seulement parce qu'elles obsèdent tout le monde, et parce qu'elles ne méritent pas toute cette attention. Alors que nous, si, expliqua Fonda en caressant ses cheveux lisses. Maintenant qu'on est toutes les trois, on va pouvoir lancer notre propre bande. Et leur montrer ce que c'est, de vraiment s'amuser.

— J'ai une idée ! s'exclama Drew.

Elle alla chercher son sac de voyage Battleflag et sortit un sachet en plastique de la poche extérieure. Il contenait trois bracelets en perles roses et grises encadrant les lettres *FDR*.

— Le meilleur président des États-Unis de tous les temps ! lança Ruthie, ravie.

— Nos initiales, plutôt, espèce d'intello ! la taquina Drew. Ce sont nos nouveaux bracelets d'amitié.

Les filles tendirent leur poignet et Drew y attacha ses nouvelles créations. Elles avaient désormais huit bracelets assortis, en tout.

— C'est un bon début, dit Fonda. Mais il nous faut autre chose.

— Un collier ? suggéra Ruthie.

— Non, une stratégie. Et j'en ai une. Elle s'appelle MISES.

— « Mises » ? Comme dans « je mise tout sur Will » ? rebondit Drew.

Ruthie se força à rire pour lui faire plaisir. En temps normal, Fonda aurait ri aussi, mais avec sa nouvelle coiffure de pro, il n'en était plus question.

— Chaque lettre représente une partie différente du plan, expliqua-t-elle. Le M, c'est pour *midi*. Si on s'assied tous les jours aux mêmes places, à la même table, les autres nous considéreront comme un groupe établi. I, c'est pour *inséparables*. On reste ensemble autant que possible.

Ruthie poussa un petit cri de joie. Elle avait assez souffert d'être séparée de ses amies.

— S, c'est pour *sympas*, continua Fonda. Plus on sera sympas, plus les gens auront envie de traîner avec nous. Et le but, c'est que tout le monde ait envie de traîner avec nous. Donc on pense contacts visuels et sourires.

Drew et Ruthie hochèrent la tête.

— E, c'est pour *excellent*, parce que tout ce qu'on fera devra être excellent. Et S, c'est pour *style*.

Elle jeta un coup d'œil à la combinaison à motifs d'ananas de Ruthie et au bas de pyjama écossais de Drew, qu'elle portait parfois pour aller au ciné.

— Je propose qu'on choisisse chaque jour une couleur du jour, et qu'on porte toutes des vêtements de cette couleur. Je prévois de mélanger les motifs cette saison, alors pensez couleur dominante plutôt que monochrome, mais je reste ouverte aux suggestions.

Drew leva la main.

— Est-ce que les garçons pourront porter nos couleurs dominantes aussi, ou est-ce strictement un truc de filles ?

— C'est devenu une obsession, ou quoi ? la taquina Fonda.

— Carrément, et tu l'aurais aussi si tu avais passé ces six dernières années dans une école pour filles.

— Tu as une obsession pour quoi, au juste ? demanda Ruthie.

Elle ne se sentait pas prête pour les coups de foudre et les baisers. Et elle n'était pas prête non plus à ce que Drew le soit.

— Pour rien, répondit cette dernière, devenue toute rouge, en jouant avec le bout de sa queue-de-cheval. J'ai juste envie d'avoir quelqu'un avec qui faire du skate. On peut parler d'autre chose, maintenant ?

Elles passèrent le reste de la soirée à échanger des anecdotes sur leurs vacances et à débattre de la couleur qu'elles porteraient le jour de la rentrée. Fonda voulait du rouge, une couleur puissante selon elle. Drew, du violet pour aller avec les flammes sur son skate. Et Ruthie, du tartan écossais parce qu'il contenait toutes les couleurs. Mais elles tombèrent d'accord sur un point : en cinquième, les règles du jeu allaient changer, et Fonda jouait pour gagner.

CHAPITRE 4

LE JOUR DE LA RENTRÉE était d'une perfection frisant le cliché. La lumière du soleil saturait l'impasse, faisant resplendir les fleurs comme les joyaux de la couronne. Le genre de matinée qui sentait le filtre Instagram et une pub pour de la lessive tant les couleurs et les nuances étaient vives. Mais, au grand dam de Fonda, l'amour de la couleur s'arrêtait là.

— On s'était mises d'accord sur la CDJ hier soir, fit-elle remarquer à Drew et Ruthie lors de leur marche inaugurale jusqu'à Poplar Middle. Et la Couleur du Jour, c'était le rouge.

Fonda entendait la frustration dans sa propre voix, elle sentait son poids écraser ses os. Parce que zut, à la fin ! Le rouge symbolisait la passion et le feu. Il sublimait des lèvres d'un seul trait et arrêtait littéralement la circulation. Pourquoi ses amies contestaient-elles ça ?

— C'est exactement pour ça que j'ai mis *ceci*, répondit Drew en désignant le logo en forme de diamant sur son T-shirt vert.

Il était rouge, en effet. Mais il faisait la taille d'un grain de raisin. Fonda comprenait qu'après des années à porter un uniforme Drew ait envie d'une tenue confortable. Mais le vert ? Ça n'arrêtait pas les gens. Au contraire, ça les incitait à passer leur chemin. Et le combishort de Ruthie ne valait pas mieux.

— Les cerises sont rouges, argumenta cette dernière.

Fonda avait envie de hurler, mais elle se retint. Elles avaient dix mois pour mettre au point ce concept de CDJ. L'important, c'était qu'elles soient enfin réunies.

Une horde d'élèves s'était rassemblée au passage piéton devant le collège, attendant que le feu passe au vert. En temps normal, Fonda aurait ralenti pour éviter la gêne de se retrouver parmi eux. Mais aujourd'hui, elle accéléra. Son plan était d'être visible lorsqu'elle parlerait à Drew et Ruthie de son nouvel accessoire révolutionnaire, car des murmures et des gloussements suivraient forcément. Or rien n'affirmait mieux « On est le groupe des filles fun » que trois copines portant des bracelets d'amitié assortis en train de glousser et de chuchoter à huit heures et quart du matin.

— Regardez, dit-elle en sortant de son sac à dos une pochette en toile blanche à pois rouges.

Elle parlait plus fort que nécessaire, étant donné que Drew, Ruthie, et elle se touchaient presque, mais elle voulait piquer l'intérêt des autres élèves et, entre les voitures qui passaient et le bruit des applis en provenance des téléphones environnants, elle n'avait pas d'autre moyen que de hausser la voix pour attirer l'attention.

— Trop mignonne, ta trousse ! s'exclama Drew.

— C'est pas une trousse, répondit-elle en leur faisant signe de se pencher vers elle. C'est une… pochette menstruelle.

— C'est quoi, une…, commença Ruthie en s'écartant, mais Fonda plaqua une main sur sa bouche.

— Chut ! lança-t-elle avec un rire exagéré, avant de jeter l'air de rien un coup d'œil à son public.

Eh oui, il lui jetait à elle aussi des regards en biais. Mission accomplie !

Omettant de préciser qu'elle avait piqué cette idée à ses sœurs, Fonda expliqua tranquillement que la pochette contenait tout le nécessaire pour ses règles, afin de ne jamais être prise au dépourvu.

— Attends un peu ! s'exclama Drew, stupéfaite. Depuis quand tu as tes… R ? Pourquoi tu ne nous as rien dit ?

— Je ne les ai toujours pas. Mais quand ça arrivera, je serai prête.

— Pourquoi est-ce que tes règles ont besoin d'avoir une pochette ? s'étonna Drew.

— C'est vraiment très chic, lança Ruthie avec un horrible accent anglais.

Elles gloussèrent. Des têtes se tournèrent vers elles. C'était parfait.

Une femme énergique affublée d'un gilet orange s'avança sur le passage piéton et fit signe aux élèves d'avancer. Le public de Fonda se dispersa, mais son plan avait fonctionné. La prochaine fois que ces personnes la verraient, elles penseraient : *« C'est la fille du passage piéton. Celle qui avait des bracelets d'amitié et des secrets le jour de la rentrée. »*

— Je ne comprends toujours pas pourquoi tu as besoin de ça, reprit Ruthie alors qu'elles approchaient du campus animé.

— Les premières règles d'une femme peuvent arriver à tout moment. Et alors, elle a besoin de serviettes, de sous-vêtements de rechange, d'huiles essentielles pour apaiser les crampes, et de Smarties.

— Pourquoi des Smarties ?

— Parce que c'est délicieux.

— Je veux une pochette menstruelle, décréta Ruthie.

— Je m'en occupe, répondit Fonda, rayonnante.

— Moi aussi ! lança Drew. Hashtag MeToo.

— C'est un usage vraiment inapproprié du hashtag MeToo, expliqua Ruthie.

— Hashtag PasMaintenant, soupira Fonda alors que la grande pelouse du collège apparaissait. C'est l'heure d'entrer en scène.

Sur ce, elle ramena ses épaules en arrière, releva le menton et se dirigea vers le chaos telle une star défilant sur un podium. Certes, son débardeur à rayures rouges et ses baskets montantes à imprimé léopard étaient au top, mais plus que la mode, plus que l'amitié même, c'était l'espoir qui nourrissait cet accès soudain d'assurance. L'espoir des nouveaux départs et des secondes chances.

D'une main tremblante, elle fit glisser une des bretelles de son sac à dos (seuls les gamins de primaire mettaient les deux), puis elle prit Drew et Ruthie par le bras. Le désastre de la CDJ était derrière elles. Elles s'étaient remises en selle.

— Waouh ! fit Ruthie en s'arrêtant pour tout admirer. On se croirait dans un film…

La main en visière pour se protéger du soleil aveuglant, elle contemplait la file de SUV avançant doucement vers la zone de dépose, les retrouvailles entre amis, les introvertis voûtés au-dessus de leurs téléphones, et le drapeau américain au centre de tout ça.

— Ça ne ressemble vraiment pas à Forest Day. C'est… (Elle se rapprocha de Fonda et Drew.) C'est impressionnant.

— C'est vrai que ce n'est pas si mal, dit Fonda, se surprenant elle-même.

Auparavant, les deux ailes vitrées qui partaient de l'entrée principale lui évoquaient les lames ouvertes d'un couteau suisse. Froides et inflexibles. Maintenant, elles lui apparaissaient comme deux bras accueillants l'invitant à se joindre au mélange. Un mélange qui n'incluait plus Winfrey et Amelia. Un mélange uniquement composé de ses propres ingrédients – incluant ses deux meilleures amies.

— Je n'arrive pas à croire que j'ai le droit de porter un short au collège, lâcha Drew en secouant la tête.

Fonda lui fit un grand sourire, comme si le code vestimentaire décontracté était son idée.

— Vous allez adorer cet endroit.

— Fini, les jupes ! s'écria Drew, qui laissa tomber son sac dans l'herbe et fit la roue, là, devant tout le monde. Je suis liiiiiibre !

Fonda rougit. D'accord, elle voulait qu'on les remarque. Mais était-ce comme ça qu'elle voulait attirer l'attention ? *Oui. Absolument*, décida-t-elle en s'apercevant que quelques élèves les regardaient. Même les trois Avas leur jetèrent un coup d'œil en passant. Fonda sourit. Drew était simplement elle-même, comme toujours. Et elle se rendit compte que c'était plutôt cool.

— C'était excellent, commenta Ruthie tandis que Drew ramassait son sac à dos.

— Ouais, acquiesça Fonda, souriante. Elle vient de mettre le E dans MISES.

— Je préférerais rafler la mise avec mon emploi du temps, répliqua Drew, les joues rouges et la queue-de-cheval de travers.

Ruthie et Fonda la dévisagèrent, perplexes.

— *Will*, expliqua-t-elle. Je veux savoir si on a des cours en commun.

— Venez, on va se renseigner, dit Fonda en faisant comme si la remarque de Drew ne l'avait pas blessée le moins du monde.

Elle ne voyait pas d'inconvénient à inclure Will dans le mélange, mais pas aujourd'hui. Aujourd'hui, elles étaient censées se concentrer sur *elles*.

Toute fière, elle guida ses amies dans le couloir vitré bondé, jusqu'au gymnase.

— Les plafonds sont rétractables, expliqua-t-elle. Ils restent ouverts quand il fait beau.

— C'est-à-dire… tout le temps ? demanda Ruthie, les yeux plissés, en levant la tête pour regarder la sentinelle de palmiers qui montaient la garde au-dessus d'elles.

— Ouais, on peut dire ça.

La confiance raffermissait la voix de Fonda et soutenait ses pas alors qu'elle leur montrait les toilettes, nommait les profs barbants et leur indiquait quels distributeurs rendaient trop de monnaie.

Arrivées dans le gymnase, elles se séparèrent pour aller chercher leur emploi du temps, chacune se dirigeant vers la table affichant la première lettre de leur nom de famille. En attendant avec les autres **M**, Fonda saluait les visages familiers d'un sourire chaleureux et d'un geste de la main. Chaque fois que quelqu'un lui rendait son salut, de la joie se répandait dans tout son corps. Elle assurait grave.

— *Yes !* dit-elle à Drew quand elles furent de nouveau réunies dans les gradins. On a quatre cours sur six en commun. Tout sauf l'EPS et les maths.

Elle scruta la foule, se demandant ce qui retardait autant Ruthie. Soudain, celle-ci les rejoignit en agitant son emploi du temps.

— Je n'y comprends rien. Comment suis-je censée savoir où se passent mes cours ?

— Le numéro de salle est marqué sur ton emploi du temps, répondit Fonda. À côté de la matière.

— Pas sur le mien.

— Fais voir ?

Fonda lui prit la feuille des mains. Et tandis qu'elle passait les colonnes en revue, le courant de joie se transforma en douleur cuisante.

— Oh non…

— Quoi ? demanda Ruthie.

— C'est pas bon, ça.

Ruthie se releva.

— *Quoi ?*

— Elle a des ennuis ? demanda Drew.

— Pire.

— *Quoi ?* s'écrièrent Drew et Ruthie en même temps.

— Tu es dans le THP.

— C'est-à-dire ?

— Le programme pour élèves à très haut potentiel. C'est complètement autre chose. Un programme totalement séparé du nôtre.

La bouche de Ruthie se figea en forme de O. Elle avait les larmes aux yeux.

— Mais on était censées être *ensemble* !

— Je sais, répondit Fonda, d'une voix à peine audible désormais.

Tout ce qu'elle avait visualisé pour son année de cinquième tombait à l'eau. Elles ne seraient pas inséparables. Elles ne se moqueraient pas de leurs profs ensemble. Elles ne seraient pas invitées aux mêmes fêtes d'anniversaire.

— On ne peut pas changer ça ? tenta Drew.

— Peut-être, dit Fonda, bien qu'elle soit presque sûre que les affectations de classe étaient définitives. Et puis on pourra toujours déjeuner ensemble.

— Et rentrer à la maison ensemble, ajouta Drew.

— Est-ce qu'on pourra aller faire pipi ensemble ? demanda Ruthie en reniflant.

— Je crois bien que vous avez vos propres toilettes, répondit Fonda en regardant ses baskets.

La sonnerie annonçant le début des cours dans cinq minutes retentit. Tout le monde se dirigea vers la sortie. Tout le monde sauf elles. Tout en frottant le dos de Ruthie en cercles réconfortants, Fonda ne put s'empêcher de se demander si son tableau de visualisation n'était pas un peu myope, car cela était l'opposé de ce qu'elle essayait de réaliser. Mais ça n'avait plus d'importance. Le mal était fait.

— On ferait mieux d'y aller, soupira-t-elle. Ce n'est pas en arrivant en retard qu'on devient une star.

— On se retrouve après les cours, dit Drew d'un air triste lorsqu'elles se séparèrent dans le couloir.

— Au revoir, articula silencieusement Ruthie, comme si elle avait la gorge trop sèche pour parler.

Puis elle leur fit un signe de la main très lent et partit en traînant des pieds dans la direction opposée.

— On peut oublier le I dans MISES, dit Fonda.

Car à partir de maintenant, *inséparables* était im-possible.

CHAPITRE 5

L'EFFECTIF DU PROGRAMME THP était réduit : quatre garçons, cinq filles, et une prof affublée d'une robe orange difforme, de chaussures plates grises et d'un étrange carré noir qu'elle ramenait continuellement derrière ses oreilles. Leur salle de classe ne ressemblait à rien de ce que Ruthie connaissait. Les bureaux étaient des tables rondes, des ballons de Pilates faisaient office de chaises, et des baies vitrées donnaient sur un jardin privé.

— Bienvenue ! lança la professeure.

Son nom, Diarra Alden, était écrit sur le tableau blanc derrière elle. Ruthie ne put s'empêcher de sourire. Si Drew et Fonda avaient été là, elles auraient été mortes de rire. Mais, en leur absence, elle devait faire comme s'il était parfaitement normal qu'une femme porte un prénom évoquant des selles molles.

— J'espère que vous avez passé un été enrichissant ! Entrez, asseyez-vous !

Ruthie tenta de s'asseoir, mais la balle géante sous ses fesses ne l'entendait pas de cette oreille. Ruthie dut s'agripper au bureau pour ne pas tomber.

— C'est plus facile si tu contractes tes abdos, murmura le garçon maigre à sa droite, dont le nom était écrit sur son classeur : *Everest Bolden.*

— Bonjour, les Titans ! poursuivit Diarra.

Les Titans ? Leur prof venait-elle réellement de les appeler les Titans ?

Ruthie ne s'était jamais sentie aussi déstabilisée. Comment allait-elle survivre dans cet univers parallèle ? Dans ce lieu où les élèves étaient comparés à des Titans et où le simple fait de s'asseoir nécessitait un engagement extrême des muscles abdominaux ?

— Nous accueillons aujourd'hui un nouvel esprit brillant parmi nous. Bienvenue, Ruthie ! Nous nous engageons à beaucoup nous amuser en apprenant ensemble. Allèle-uia, comme dirait Gregor Mendel, le père fondateur de la génétique.

Tout le monde gloussa, et Ruthie sourit – les expériences de Gregor Mendel avaient effectivement mené à la découverte des allèles. C'était le genre de blague scientifique naze dont Ruthie raffolait mais que personne ne captait jamais.

— Titans, tout comme les divinités de la mythologie grecque, vous êtes puissants et influents…

Ruthie décolla ses mains de la table et tenta de trouver l'équilibre. Elle bascula sur la gauche et s'agrippa de nouveau à son bureau tout en jetant un coup d'œil à l'horloge au-dessus des étagères remplies de livres. Encore trois heures avant le déjeuner avec Drew et Fonda.

— Tout le monde pense que THP est le sigle de très haut potentiel, poursuivit Diarra. Mais moi, je *sais* que ça veut dire les Titans sont des héros…

Huit mains se levèrent brusquement tandis que celles de Ruthie restaient fixées au bord de son bureau pour éviter de basculer.

— Chaque jour, après notre serment, nous trouvons un nouvel adjectif pour le P de THP, expliqua la prof à Ruthie, avant de désigner la fille rousse en salopette en jean à côté d'Everest. Oui, Alberta ?

— Les Titans sont des héros prodigieux.

— On peut le dire, en effet ! s'exclama Diarra, ravie. Les Titans étaient des géants qui gouvernaient les cieux, et c'est ce que j'attends de vous cette année. Je veux que vous gouverniez le…

Ruthie leva la main, perdit l'équilibre et s'écroula par terre. Diarra lui adressa un regard compatissant.

— Il faut un petit moment pour s'y habituer mais, ensuite, tu seras impressionnée par la vigueur de ton esprit. Tu voulais ajouter quelque chose ?

Le cœur de Ruthie se mit à tambouriner, tel un code Morse lui conseillant de s'abstenir.

— Non, non. C'était juste une anecdote qui me passait par la tête.

— Non, vraiment, dis-nous, l'encouragea Diarra en souriant. Nous vénérons les anecdotes, pas vrai, les Titans ?

Personne ne hocha la tête.

— Tu vois ? reprit Diarra, ne semblant pas s'en être aperçue. Allez, raconte-nous.

— J'allais dire que, techniquement, après la guerre de dix ans, les Titans ont été renversés par les Olympiens, puis emprisonnés dans les Enfers pour l'éternité. Donc oui, ils ont gouverné les cieux, mais pas pendant très longtemps.

Diarra coinça ses cheveux derrière ses oreilles.

— Exact mais, malheureusement, nous ne pouvons pas nous appeler les Olympiens.

— Pourquoi ?

— Il n'y a pas de O dans THP.

Les autres se mirent à rire.

— Et si on s'appelait les Troubadours, ou les Tigres ou… Oh, les Transcendants, ce serait marrant, non ?

Une fille gloussa avant de rapidement baisser les yeux. Un rideau de cheveux roses et lisses cachait sa bouche, et ses yeux étaient obscurcis par d'épaisses montures noires. Riait-elle avec Ruthie ou se moquait-elle ?

— Merci pour ces remarques, Ruthie. J'admire ton audace, mais je viens de passer commande pour des vêtements au nom des Titans, alors on va essayer de se concentrer sur leurs meilleures années, d'accord ?

— D'accord, répondit Ruthie, même si elle ne l'était pas.

Dénaturer la mythologie grecque ne lui plaisait pas du tout.

— Maintenant que c'est réglé, puis-je avoir un ou une volontaire pour faire visiter les lieux à Ruthie ?

La fille aux cheveux roses leva la main.

— Super, merci, Sage. Tous les autres Titans, veuillez prendre vos paniers et me rejoindre dans le jardin.

— Il y a une sacrée BET dans cette classe, pas vrai ? demanda Sage quand tous les autres furent partis.

— Ça veut dire quoi, BET ?

— Bonne énergie de Titan. Viens, je vais te faire visiter.

De l'autre côté des immenses fenêtres, le reste de la classe s'installait en cercle sous un érable du Japon.

Sage commença par un placard au fond de la pièce, divisé en six sections.

— Chacune contient le matériel que nous utilisons pour nos différentes matières. Vas-y, l'encouragea Sage avec fierté, jettes-y un coup d'œil.

Ruthie ouvrit une section et trouva les ouvrages qu'ils liraient en cours de littérature. En ouvrant une autre, elle vit des instruments de géométrie sophistiqués. La troisième contenait un microscope, des lunettes de protection, des outils, un ordinateur portable et un iPhone flambant neuf. Ruthie le referma rapidement.

— Qu'est-ce qu'il y a ? s'étonna Sage.

— Je n'ai pas le droit d'utiliser des appareils électroniques. Ma mère s'inquiète pour…

— Tes capacités de concentration ?

— Non.

— Ta vision ?

— Non.

— Les prédateurs en ligne ?

— Non. Les ondes radio.

— Ne t'en fais pas, la rassura la jeune fille en agitant dédaigneusement la main. On ne se sert pas de ces appareils. On les démonte. Pour voir comment ils fonctionnent.

Une bombe à confettis explosa dans le ventre de Ruthie. Même si Fonda et Drew lui manquaient, il était difficile de ne pas aimer le THP. La classe était spacieuse et moderne ; l'espace extérieur, un havre de paix. Ils disposaient même d'une cuisine dernier cri pour les cours de science alimentaire.

— Pourquoi les autres élèves n'ont-ils pas droit à tout ça ? demanda Ruthie en pensant à ses amies.

— Sérieusement ? lança Sage en la jaugeant par-dessus ses lunettes.

Ruthie hocha la tête.

— Dans leur monde, MDR signifie « mort de rire ». Dans le nôtre, ça veut dire « mordus de raisonnement ».

Ruthie fronça les sourcils. Tout cela lui paraissait très élitiste.

— Mais…

— Écoute, est-ce que le THP est différent du programme classique ? Oui. Est-ce que les Titans disposent d'équipements éducatifs exceptionnels ? Oui. Mais personne ne nous les offre sur un plateau. On organise quatre collectes de fonds par an pour financer tout ça. On travaille pour. Tu verras.

— Impressionnant, concéda Ruthie. Mais ça ne change pas que notre prof a un prénom de selles molles.

— C'est un prénom d'origine africaine. Ça veut dire « lion ». Et ça lui va bien. Fais-moi confiance, tu vas l'adorer.

— C'est noté, répondit Ruthie, déçue.

Elle préférait largement son interprétation de ce prénom.

— Le déjeuner est à quelle heure ?

— Ça dépend.

— De quoi ?

— De si on a un intervenant extérieur ou non, et on en a presque toujours, auquel cas on mange dehors, dans la pagode, et on SIEM.

Ruthie leva les yeux au ciel, lasse de demander la signification de tous ces acronymes.

— On s'instruit en mangeant, précisa Sage.

Ruthie aurait tout donné pour renifler la réconfortante odeur de banane de l'oreille de Foxie.

— Alors on ne déjeune pas avec tous les autres ?

— Je crains que non, jeune Titan, répondit Sage en passant un bras autour de ses épaules et en la serrant contre elle. Mais tu nous as, maintenant.

Et, à cet instant précis, Ruthie eut vraiment la sensation d'être un Titan : bannie dans les Enfers, condamnée pour l'éternité.

CHAPITRE 6

DREW POSA BRUYAMMENT la boîte contenant son déjeuner sur une table pour quatre.

— Que dis-tu de celle-là ? demanda-t-elle à Fonda. La chaise en plus pourra être pour Will, qui passera sans doute pour le dessert.

Contrairement à St. Catherine, où les élèves mangeaient dans une salle de réception bondée empestant le hot dog, à Poplar Middle, on prenait ses repas dehors, sur des tables en métal vert qui, comme dans un restaurant, n'étaient pas toutes de la même taille.

Fonda évalua la table en question par-dessus ses lunettes de soleil jaunes. Sa quête de l'endroit parfait – entre autres, car elle voulait que tout soit parfait – surprenait Drew. Quand elles allaient au cinéma, Fonda laissait toujours Drew et Ruthie choisir leurs places. Quand les banquettes étaient prises dans leur boutique de yaourt glacé favorite, elle haussait les épaules et se posait par terre. Alors pourquoi se souciait-elle soudain autant de l'emplacement pour leur déjeuner ? Elles étaient ensemble ! Leur quête était déjà accomplie.

— Moi, je lui mets cinq étoiles, tenta Drew. Pas de fientes d'oiseaux, localisation centrale, et juste à côté de…

Elle pointa son pouce sur des garçons non loin.

— Beurk, non, c'est des *sixièmes* ! Continue de chercher.

— Chercher *quoi* ?

— Une table à proximité des Avas, mais pas juste à côté d'elles. Près de la pelouse, mais pas sur la pelouse. Sous les arbres, mais seulement à moitié ombragée.

Fonda opta finalement pour une autre table pour quatre, à côté des terrains de basket et pas très loin des sacs à dos Fjällräven Kånken des Avas, qu'elles devaient avoir posés là avant même le début de la pause-déjeuner. Il ne manquait plus que Will, que Drew n'avait vu ni en cours ni dans les couloirs. Et Ruthie, bien sûr.

— Tu penses qu'elle s'est perdue ? demanda Drew en observant les ailes vitrées du collège.

— Cette fille est capable de faire un puzzle de cinq cents pièces en quinze minutes, mais elle n'arrive pas à trouver le *Lunch Garden.* Comment c'est possible ?

Drew gloussa. Le *Lunch Garden.* Ils appelaient vraiment ça comme ça.

— Il faut que le Dr Fran se décide à lui acheter un portable, poursuivit Fonda en pressant ses lèvres brillantes de gloss contre une fine canette de Perrier au pamplemousse, qu'elle descendit en une goulée.

Burp.

Fonda se couvrit la bouche en riant.

— Je t'en prie, s'esclaffa Drew, ravie.

Ce rot prouvait que Fonda était toujours Fonda, malgré tous ses efforts pour ressembler à quelqu'un d'autre.

Deux brunes vêtues de jupes en jean assorties s'approchèrent de leur table.

— Elle est prise, annonça Fonda.

— On n'a pas le droit de garder des places, répliqua la fille aux taches de rousseur en posant son plateau.

— Je ne la garde pas.

— Alors pourquoi il y a deux sièges vides ?

— Notre amie est aux toilettes.

— Mais il reste une place pour l'une de vous deux, proposa Drew, sachant qu'elles n'accepteraient jamais de se séparer.

Les filles habillées à l'identique se séparaient rarement.

Elles échangèrent un regard horrifié.

— Ne vous en faites pas, on comprend, dit Fonda en tendant son plateau à Taches de Rousseur. J'ai vu des places vides vers les bennes à ordures, cela dit…

— C'est toi, la benne à ordures, lâcha la copine de Taches de Rousseur en partant.

— C'est pas la reine de la répartie, cette fille, commenta Drew quand elles furent seules, avant d'ouvrir sa boîte. Ouais ! Des nuggets de poulet en forme de dinosaures !

Fonda se leva.

— Garde cette table, quitte à y laisser ta vie.

— Où tu vas ?

— Chercher Ruthie avant que quelqu'un d'autre essaie de lui piquer sa place.

— Attends ! répliqua Drew, paniquée. Tu ne peux pas me laisser ici toute seule !

— Je reviens tout de suite. Ne bouge surtout pas.

— Alors dépêche-toi, maugréa Drew en mordant dans un nugget froid.

Livrée à elle-même, elle devint soudain hyperconsciente de son environnement. Les éclats de rire, le froissement des paquets de chips, le sifflement des canettes de soda qu'on ouvre. Elle avait l'impression de sauter aux yeux, d'attirer l'attention, d'être impossible à rater, tel un palmier dégingandé dans un jardin rempli de fleurs délicates.

Elle avait envie d'examiner les garçons. Elle avait envie de savoir si certaines filles aimaient le skate. Elle avait envie de savoir si elle aurait toujours cette impression de ne pas être à sa place. Mais, plus que tout, elle voulait savoir si Will était dans les parages.

La brise aux senteurs de chèvrefeuille lui chatouillait la nuque. Était-il derrière elle ? La regardait-il en ce moment même ? Fixait-il sa queue-de-cheval de ses yeux bleu jean ? À cette pensée, de niveau 5 dans le genre craignos, elle remua les jambes. Qui se mirent à la démanger.

Elle avait envie de se gratter.

Elle avait envie de se retourner.

Elle ne pouvait pas se retourner.

Sinon, elle aurait l'air désespérée. Elle se contenta donc d'examiner ses ongles en s'efforçant de prendre un air détaché. Mais dix ongles ne lui firent gagner que dix secondes. Une fois ce laps de temps écoulé, la tentation franchit la ligne d'arrivée, victorieuse. Sa récompense ? Un panorama à 360 degrés des alentours. Plutôt nul, comme récompense, étant donné que Will ne la regardait pas du tout. Personne ne la regardait.

Soudain, elle entendit le grincement familier des roues en polyuréthane sur l'asphalte. Était-elle enfin sur sa piste ?

Ses yeux suivirent ce son jusqu'aux terrains de basket. Une force qu'elle ne pourrait qualifier que de surnaturelle l'obligea alors à se lever de son siège et à se diriger vers le bitume, où elle eut le plaisir de voir Will réussir un *kickflip* pendant que son pote le filmait. Elle sentit ses genoux faiblir un peu. Elle avait l'impression que ses sept mètres d'intestins étaient écrasés par des sentiments intenses. Pas étonnant qu'on appelle ça un *crush.*

Will se mit ensuite à faire des *tic-tac* autour de son ami, avec une décontraction donnant la fausse impression qu'il n'y avait rien de plus facile. Drew essayait de trouver le courage de lui dire bonjour quand il roula sur un sac en plastique. Sa planche glissa de sous ses pieds et il se retrouva par terre, la colonne vertébrale courbée comme un croissant.

Le cœur de Drew s'emballa. Était-il blessé ?

Réprimant son envie de courir, elle se dirigea calmement vers lui car, d'après l'infirmière Cate, courir faisait souvent paniquer les victimes. Il était crucial que les secouristes paraissent maîtres d'eux. Mais avant qu'elle puisse le rejoindre, Will se releva rapidement, remonta sur sa planche, et les *tic-tac* reprirent.

Désormais trop proche pour ne pas être vue, Drew fut forcée d'établir le contact.

— Salut ! lança-t-elle en agitant la main.

C'était le moment de l'histoire où Will était censé sauter de sa planche, courir vers elle et lui décocher un sourire détendu. Sauf que, apparemment, il ne s'agissait pas de ce genre de film. C'était une émission de téléréalité. Dans laquelle Will la vit et, lui adressant à peine un signe de tête, partit en sens inverse.

— Te voilà ! s'exclama Fonda en fondant sur elle d'un pas déterminé, ses cheveux lissés au fer se gonflant autour de son visage comme des ouïes de poisson. Je suis allée à notre table, et tu n'y étais pas. Tu sais qui s'y trouvait, par contre ?

Cette fille avec les taches de rousseur et trois de ses copines.

La table !

— Oh non ! Je suis vraiment désolée. J'ai complètement oub...

— C'était l'endroit idéal ! Maintenant, on n'a plus rien.

— Je...

— Pourquoi tu es partie ?

Drew désigna les garçons à l'autre bout du terrain, qui s'amusaient maintenant à se rentrer dedans.

— Will, couina-t-elle.

— Oh, fit Fonda, et le pli entre ses sourcils s'adoucit. Tu lui as parlé ?

— Non, marmonna Drew. Il a fait comme s'il ne me connaissait pas.

— Il a peut-être une mauvaise vue, suggéra son amie.

— J'espère. Tu as trouvé Ruthie ?

— Oh oui, répondit Fonda en contemplant les pics lointains des montagnes de Santa Ana, l'air de repenser à des jours meilleurs. Elle est dans sa classe.

— Et qu'est-ce qu'elle fait ?

— Elle s'instruit en mangeant.

— Ça existe, ça ?

Ça avait l'air encore plus snob que le *Lunch Garden*.

— Apparemment.

— Alors elle mangera avec nous demain ?

Fonda secoua la tête.

— C'est tous les jours comme ça.

— Pendant toute l'année ?

— Ouais.

Un voile de tristesse enveloppa Drew. La seule chose qui lui avait permis de supporter ces six années à St. Catherine – où, pour s'intégrer, il fallait faire semblant de s'intéresser aux ragots, aux émissions de concours de cupcakes et au foot –, c'était la certitude que, en cinquième elle pourrait aller en cours avec Fonda et Ruthie. Elle pourrait aimer le skate, détester les brosses à cheveux et vouloir devenir infirmière plutôt que médecin, sans qu'on la juge. Quand elles étaient toutes les trois, elle pouvait être elle-même, tout simplement. Mais elles n'étaient pas toutes les trois, et elle avait la même impression que si on venait d'annuler Noël.

Drew et Fonda restaient plantées au bord du terrain en bitume, silencieuses et mal à l'aise, prises au piège d'une inertie poisseuse, ne sachant pas quoi faire.

— Je suis désolée d'avoir abandonné la table, dit finalement Drew, avec sincérité.

Non seulement elle n'avait pas tenu sa promesse, mais elle l'avait fait pour un garçon qui n'avait même pas pris la peine de lui adresser un signe de la main.

— Ça ne valait même pas le coup, ajouta-t-elle.

Les yeux de Fonda retrouvèrent leur expression chaleureuse alors qu'elle prenait son amie par le poignet.

— Alors faisons en sorte que ça n'ait pas été en vain. Allons lui parler.

— Je ne peux pas.

— Sinon, on aura perdu notre table pour rien, et je ne le supporterai pas.

— D'accord, soupira Drew, heureuse d'avoir le soutien de son amie, mais un peu nerveuse aussi.

Et s'il l'ignorait une seconde fois ?

Avec Fonda à ses côtés, Drew se dirigea vers lui d'une démarche énergique, amicale.

— Salut ! répéta-t-elle.

Les coins de la bouche de Will se relevèrent dans un sourire qui disparut rapidement quand son pote le rejoignit sur son skate.

— Salut, lança celui-ci. Je m'appelle Henry.

Les yeux sombres et la peau très bronzée, il avait des cheveux châtains hirsutes et le tout dernier iPhone, sorti pas plus tard que la veille.

— Ouais, je sais qui tu es, répondit Drew. Tu m'as lancé une balle dessus ce matin en EPS.

— C'est pas juste ! intervint Fonda. Vous avez eu le droit de jouer à la balle au prisonnier ?

— Non. On a fait de la course à pied, et c'est bien pour ça que c'était bizarre de me lancer une balle dessus.

Henry rougit.

— Ouais, désolé.

— Et vous deux, vous vous connaissez déjà, non ? demanda Fonda à Will.

Drew décocha un regard reconnaissant à son amie.

— Tu la connais ? s'étonna Henry. Comment ?

Will passa la main dans ses cheveux. Drew attendit que les épis blonds se forment et sourit quand cela se produisit.

— Euh, Battleflag, c'est ça ?

— Bien sûr, idiot, répliqua Drew en riant, supposant qu'il plaisantait.

Parce qu'il plaisantait forcément. L'épisode de l'infirmerie ne remontait qu'à trois jours. Sauf qu'il ne riait pas. Il restait planté là à contempler les montagnes de Santa Ana.

— Alors, euh, vous étiez en train de jouer au zombie ? continua Drew.

Will haussa les épaules.

— On faisait juste du skate.

— Logique, vous n'avez pas les yeux bandés, dit-elle en se frappant le côté de la tête, avant de pousser un rire gêné. Hé, je devrais apporter mon skate demain, et on pourrait tous...

— Cool ! s'exclama Henry. On pourrait carrément se retrouver après les cours. Will a un truc de prévu, pas vrai, Will ? Mais on pourrait aller au skatepark tous les deux.

— Euh, ouais, c'est vrai, répondit Will, qui posa un pied sur sa planche et se mit à la faire rouler d'avant en arrière, les yeux baissés.

Avait-il oublié de prendre son Levocetirizine ?

Drew regarda Fonda en écarquillant les yeux. *Et maintenant, quoi ?*

— Euh, Drew, c'est quoi cette super figure que tu viens d'apprendre ? L'Oliver ?

— Un *ollie*, répondit Drew en riant.

— Ah oui. Vous la connaissez, celle-là, les gars ?

— Ouaip, répondit Henry en repoussant une touffe de cheveux de devant ses yeux. Je l'ai apprise à Will l'année dernière.

— *Tu* me l'as apprise ? s'esclaffa Will. Bien essayé, mec, mais c'est *moi* qui te l'ai apprise.

— Wah, le mensonge !

— C'est toi qui mens !

Quelques instants plus tard, ils se pourchassaient sur le bitume en se balançant des coups de poing sans force et des accusations, abandonnant Drew et Fonda sur la ligne de touche.

— Euh, les gars nous attendent, lança Fonda à Drew d'une voix forte.

— Quels gars ? demanda cette dernière.

Fonda lui décocha un regard entendu. *Suis-moi sur ce coup.*

— Ah, euh, ouais, on ferait mieux d'y aller ! cria-t-elle, même si elle aurait préféré rester pour essayer de comprendre pourquoi Will se comportait aussi bizarrement.

Mais Fonda lui tirait le bras avec insistance. Et c'était sans doute pour le mieux.

Bras dessus bras dessous, elles se hâtèrent de traverser le terrain et, quand elles furent assez éloignées pour parler, Drew marmonna :

— C'était pas censé se passer comme ça…

— Ouais, acquiesça Fonda en jetant un coup d'œil au minuscule logo rouge sur le T-shirt de son amie. Je sais ce que tu ressens.

Mais elle ne savait pas ce que Drew ressentait. Personne ne le savait. À part son Tupperware, qu'elle retrouva finalement dans la terre.

CHAPITRE 7

À l'ORIGINE, FONDA AVAIT PRÉVU de partager sa brillante idée avec Drew et Ruthie plus tard ce soir-là, pendant leur soirée pyjama du vendredi, mais des corbeaux croassaient au-dessus d'elles telles des mégères anxieuses. *Dis-leur avant d'arriver au collège !* semblaient-ils supplier. *Dis-leur tout de suite !*

— Il faut qu'on se trouve un nom, une marque de fabrique, lâcha-t-elle soudain tout en saluant la dame du passage piéton d'un sourire et d'un signe de la main.

C'était le dernier jour de leur première semaine de cours, et Fonda était déterminée à se faire un nom – à ce qu'elles se fassent un nom, toutes les trois – avant le week-end.

— Une marque de fabrique ? répéta Ruthie. Comme si on était une marque de lessive ?

— Hé, les Avas, vous avez du linge sale à laver ? s'exclama Drew en riant.

Elles plaisantaient, évidemment, mais Fonda ne trouvait pas ça drôle. Elle s'évertuait à leur ouvrir la voie vers la popularité, à les aider à s'intégrer. Pourquoi ne prenaient-elles pas ça au sérieux ?

Pendant ce temps, quelques pas devant elles, les Avas se dirigeaient bras dessus bras dessous vers le campus, liées les unes aux autres comme les maillons d'une chaîne. Elles avaient des jambes longues, bronzées, parfaitement synchronisées, digne d'une pub pour les rasoirs *Venus*. Elles n'avaient pas besoin de coordonner leurs couleurs pour prouver qu'elles traversaient la vie ensemble. Ça sautait aux yeux.

— On devrait se faire un compte Instagram, poursuivit Fonda. On postera des stories en live de nos soirées pyjama et des photos de nous en train de faire des trucs fun. Et devinez ce que pourrait être notre hashtag ? (Elle laissa pendre une des bretelles de son sac à dos.) Copsines !

Drew plissa le nez comme elle le faisait quand Doug lâchait secrètement un pet.

— Vraiment ?

Fonda hocha la tête.

— Les meilleures copines voisines.

Drew laissa tomber son skate dans l'herbe, marcha sur son extrémité et le ramassa.

— Pakest, lâcha-t-elle.

— C'est quoi, *pakest* ?

— Un autre mot que ma mère a inventé. Pour dire : « Pas question. »

— Ça ne devrait pas plutôt être *pastion* ? s'enquit Ruthie.

— Si, mais *pastion* que je le fasse remarquer à ma mère, rétorqua Drew. Je ne veux pas l'encourager.

— Tant pis, dit Ruthie en haussant les épaules. De toute façon, mes parents ne veulent pas que j'aie un téléphone, alors…

— Et les miens m'interdisent d'utiliser Instagram, ajouta Drew.

— Dans ce cas, c'est moi qui posterai, intervint Fonda.

— Quel intérêt, si on ne peut pas voir ? voulut savoir Ruthie en peignant sa frange avec ses doigts.

— L'intérêt, c'est que les autres le voient, et sachent qu'on est un groupe d'amies.

— Je ne comprends pas. Les groupes d'amies sont à la mode à Poplar ? Pas à Forest Day. Sans doute parce que les « hiérarchies sociales » allaient à l'encontre du règlement…

— Les groupes d'amies étaient autorisés à St. Catherine, mais je n'en avais pas, dit Drew. J'étais plutôt un électron libre.

— Un électron ? rétorqua Ruthie. Je comprends pourquoi tu n'avais pas d'amis !

Drew éclata de rire.

Fonda ferma les yeux et prit trois grandes inspirations pour se calmer, déjà parce que pleurer ne résolvait jamais rien et aussi parce que, la sonnerie étant sur le point de retentir, elle n'avait pas le temps de leur expliquer ce qu'elle croyait évident. À savoir qu'elle en avait ras le bol de passer inaperçue. Elle voulait être admirée comme ses sœurs, enviée comme les Avas et appréciée parce qu'elle aidait les autres à profiter de la vie. Elle avait pensé que, en débarquant sur le campus flanquée de deux filles géniales qui voyaient en elle ce que personne d'autre n'avait jamais vu, les autres ouvriraient les yeux aussi.

Sauf que ces deux filles géniales ne voyaient plus Fonda, elles regardaient dans d'autres directions. L'une soucieuse de décoder le comportement énigmatique de Will, l'autre occupée à s'instruire en mangeant avec les Titans. Fonda était enfin au collège avec ses deux meilleures amies et, pourtant, elle ne s'était jamais sentie aussi seule.

— Le truc, reprit-elle, c'est que pour être quelqu'un qui compte, il faut que les gens sachent qu'on existe, et je veux qu'on compte, d'accord ?

— On ne compte pas déjà ? demanda Ruthie.

— On compte les unes pour les autres, mais pas pour les autres gens.

— Pourquoi ça compte de compter pour les autres ? La seule chose qui devrait compter, c'est de compter les unes pour les autres.

Drew plaqua les mains sur son casque de skate, au niveau de ses oreilles, et cria :

— Arrêtez d'utiliser le verbe compter ! J'ai l'impression que ce n'est plus un vrai mot.

— Il m'arrive la même chose avec le mot « sèche », répliqua Ruthie en riant. Si je le dis trop, le fond de ma gorge se bloque et mes lèvres se couvrent de bave.

— Mais qui dirait trop le mot « sèche » ? demanda Drew.

— L'archidusèche.

Pendant que ses amies s'esclaffaient, Fonda adressa des excuses silencieuses aux pochettes menstruelles enveloppées dans du papier cadeau, au fond de son sac à dos. Elle les avait préparées pour les filles – une surprise pour la fin de leur première semaine à Poplar –, mais elle n'avait plus l'intention de les leur offrir alors qu'il n'y avait rien à fêter. Tout compte fait, son tableau de visualisation n'était rien de plus qu'un collage de gamine de maternelle, ses MISES, elle pouvait les remiser, et leur CDJ officielle était daltonienne.

Les filles entrèrent dans le bâtiment alors que retentissait la sonnerie des cinq minutes.

— Soirée pyjama chez moi ce soir, leur rappela Fonda.

— Et on ira voir un film demain, OK ? demanda Drew. Vu que je ne risque pas de jouer au zombie ou autre.

Le cœur de Fonda se serra. Drew voulait-elle aller au cinéma uniquement parce que Will la snobait ? Ellc avait l'impression de servir de bouche-trou.

— Pas de film pour moi, soupira Ruthie. J'ai une sortie avec les Titans demain.

— Un samedi ?

— C'est qui, les Titans ? s'enquit Drew.

— C'est comme ça que nous appelle notre prof, répondit Ruthie alors qu'elles se séparaient. Laisse tomber.

— Lezz tomber, soupira Drew avec tristesse.

Fonda aurait voulu la serrer contre elle. Lui répéter, pour la millième fois de la semaine : « Oublie Will. Tu mérites un garçon cinq étoiles avec un cœur dix étoiles. On va t'en trouver un. » Mais elle était trop déprimée pour remonter le moral de qui que ce soit, d'humeur trop sombre pour éclairer le chemin de quiconque. Contrairement à Drew, elle ne se sentait pas rejetée par un garçon à qui elle n'avait parlé qu'une fois ; mais par deux filles qu'elle connaissait depuis toujours.

Les grandes inspirations apaisantes ne faisaient pas le poids face à une telle marée d'émotions. Elle était trop puissante. Beaucoup, beaucoup trop puissante.

— Je passe aux toilettes, parvint-elle à lâcher. On se retrouve en classe.

À l'intérieur, elle fonça vers la dernière cabine et claqua la porte derrière elle. Pourquoi Drew et Ruthie ne comprenaient-elles pas ? Fonda savait bien que ses amies trouvaient qu'elle manquait de profondeur, mais c'était peut-être parce qu'on l'avait forcée toute sa vie à patauger dans le petit bain pendant que ses sœurs surfaient sur le Pacifique – au sens propre comme au sens figuré. C'était censé être *son* année. L'année où elle se ferait remarquer, l'année où elle deviendrait quelqu'un.

Elle avait élaboré un plan génial pour y parvenir, mais ni Drew ni Ruthie ne le suivait. Peut-être parce qu'elles le trouvaient stupide ? Ou simplement parce qu'elles étaient tellement absorbées par leur nouvelle vie qu'elles n'avaient pas envie de se prendre la tête avec ça ? Fonda ne savait pas ce qui serait le pire : que ses amies rejettent ses idées ou qu'elles avancent sans elle. À cette pensée, ses larmes se mirent à couler sur ses joues, heurtant les ailes de son nez. Même elles étaient chamboulées.

Finalement, vidée et fatiguée, elle tamponna ses yeux avec le papier toilette rugueux et tenta de maîtriser sa respiration. Mais les bruits de pleurs continuaient…

Y avait-il quelqu'un dans la cabine voisinc de la sienne ?

Jetant un coup d'œil sous la cloison, elle aperçut une paire de jambes bronzées, des sandales dorées et une fille avec ses propres problèmes.

— Ça va ? demanda-t-elle.

— Pas vraiment, répondit la fille en reniflant.

Fonda sortit de sa cabine.

— Qu'est-ce qu'il y a ?

— Crois-moi, tu n'as pas envie de le savoir.

— Mais si ! insista Fonda, consciente que le meilleur moyen d'oublier ses problèmes était de se mêler de ceux des autres. Je t'assure.

La sonnerie finale fusa alors.

— Non ! Je ne peux pas aller là-bas, gémit la voix tremblante.

— Je comprends, répondit Fonda. Ça craint, là-bas.

La fille poussa un rire sans force et ouvrit la porte de sa cabine. C'était Ava R. Le T-shirt tout à l'heure rentré dans son short blanc pendait maintenant autour de ses hanches.

— Que s'est-il passé ? demanda Fonda comme si elles papotaient tous les jours dans les toilettes.

Ava R. se retourna pour lui montrer une tache de sang sur l'arrière de son short. Fonda écarquilla les yeux.

— Tu viens d'avoir…

Une autre fournée de larmes apparut.

— C'est la première fois ?

Ava R. hocha la tête.

Alors, Fonda la prit dans ses bras. Pour la réconforter, bien sûr, mais aussi parce qu'elle avait entendu dire que les règles étaient contagieuses et qu'elle voulait désespérément les attraper.

— C'est vraiment effrayant, la première fois, dit-elle, sans préciser qu'il s'agissait d'un ouï-dire, et non de son expérience personnelle.

— Ça s'est passé comme ça pour toi ? demanda Ava R. en désignant la tache sur son short.

— Pire.

Fonda se mordit la lèvre. En temps normal, elle n'aimait pas mentir, mais à situations désespérées…

— Une véritable scène de crime, en rajouta-t-elle.

— Qu'est-ce que tu as fait ?

Euh… Fonda regarda le carrelage beige à ses pieds. *Qu'est-ce que j'ai fait ?* Elle s'imagina rapidement à la place de Ava R. et… *Bam !* Elle sut exactement ce qu'elle aurait fait.

— J'ai utilisé ma pochette menstruelle.

— Ta quoi ?

Fonda ouvrit son sac à dos et sortit d'un geste théâtral l'un des paquets cadeaux.

— Ouvre-le !

Ava R. retira le papier doré et sourit.

— Elle est assortie à mon short, fit-elle remarquer en voyant la trousse à maquillage blanche à pois rouges.

— C'est bien pour ça que j'ai choisi ce motif.

— Bien vu, commenta Ava R. en lui adressant son grand sourire spécial selfies.

Contrairement à Fonda, dont le visage évoquait sans doute celui d'un chihuahua détrempé, les crises de larmes réussissaient bien à Ava R. Ses yeux ne gonflaient pas : ils luisaient. Et son visage large et photogénique n'était pas du tout marbré de rouge. Elle demeurait la beauté blonde aux yeux marron qu'elle avait toujours été. Mais avec une touche de vulnérabilité. Ce qui la rendait encore plus séduisante. C'était agaçant.

— Alors, à quoi ça sert, une pochette menstruelle ?

— Elle contient tout ce dont une fille a besoin quand elle est prise au dépourvu.

— Sérieux ?

— Sérieux, répondit Fonda, radieuse.

— Oh mon Dieu, merci ! Je te la rendrai demain, c'est promis.

— Garde-la. J'en ai plein.

Soudain, Ava R. la serra contre elle dans une étreinte aux effluves de vanille.

— Fonda, tu es vraiment la meilleure !

Alors, aussi simplement que ça, le bloc d'émotions qui comprimait sa poitrine se désintégra. Ava R. connaissait son prénom. Ava R. avait dit qu'elle était la meilleure. Ava R. pensait qu'elle et sa pochette menstruelle comptaient. Fonda avait peut-être dû attendre sept ans pour se faire remarquer, mais ça en avait valu la peine.

Tandis qu'elle filait en cours, elle repensa à la prédiction collée en haut de son tableau de visualisation et glousssa de joie. L'occasion qui venait enfin de se présenter n'était pas en or, mais bien rouge.

CHAPITRE 8

— **Chérie, tes amis sont là !** lança la mère de Ruthie depuis la cuisine.

Le van couleur carotte des THP était garé devant la maison et, bien qu'il soit rempli de jeunes de son âge, ceux-ci n'étaient en rien ses amis. Les amies de Ruthie allaient au cinéma, parce que c'était ce que faisaient les copsines le samedi. Mais Ruthie n'avait plus l'impression de faire partie des copsines. Elle était sur la touche désormais, réduite à faire semblant de rire quand Fonda et Drew se moquaient des cravates à motifs de tortue de leur prof de science. Pas parce qu'elle avait une affection particulière pour les cravates à motifs de tortue, au contraire ! Seulement, c'était difficile d'apprécier leurs anecdotes sur leurs cours et leurs profs et leur *Lunch Garden*, car il aurait fallu y être pour les comprendre. Or Ruthie était tout le temps ailleurs. Non seulement les Titans s'instruisaient en mangeant, mais ils s'instruisaient aussi le week-end, et personne n'avait envie de parler de *ça*. Ses hautes capacités commençaient sérieusement à l'incapaciter.

— Par ici ! lança Sage en désignant la place libre à côté d'elle.

Comme à son habitude, elle était habillée tout en noir à part ses baskets dorées car, comme Steve Jobs, elle ne voulait pas gâcher ses neurones à choisir des vêtements.

Le van s'engagea sur l'autoroute 405 en direction du nord. Apparemment, à chaque sortie de classe, l'un des Titans avait le droit de faire la playlist. Aujourd'hui, c'était le jour de Favian, et il avait choisi la comédie musicale *Hamilton*. Il connaissait toutes les paroles par cœur, et les autres aussi désormais étant donné que, s'il ne la diffusait pas, soit il la rappait, soit il en parlait. Pendant toute la semaine, Ruthie s'était agacée de son obsession, mais maintenant que tout le monde chantait en chœur, elle trouvait ça plutôt festif.

Soudain, Diarra éteignit la musique et décrocha le micro au-dessus du chauffeur. Elle portait un

T-shirt Titans et leur avait promis qu'ils en auraient tous un lors de leur prochaine sortie. Ruthie espérait qu'elle ne tiendrait pas sa promesse. C'était quoi leur problème, à Poplar Middle ? Pourquoi tout le monde essayait-il de s'habiller pareil ?

— Aujourd'hui, nous allons apprendre à réfléchir sous pression et à travailler en équipe, annonça-t-elle.

Les Titans poussèrent des cris de joie.

— Voyons voir si vous pouvez deviner où nous allons grâce à une devinette.

— Elle fait toujours ça, expliqua Sage en sortant un carnet de son sac à dos et en cliquant sur son stylo. C'est super cool, pas vrai ?

— Vous êtes prisonniers d'une forêt avec quatre sorties, commença Diarra. Une au nord, une au sud, une à l'est et une à l'ouest. Un essaim d'insectes venimeux garde la sortie nord. Il y a un énorme gouffre devant la sortie ouest, trop large pour être traversé, même avec une corde. Des lions qui n'ont rien mangé depuis trois mois sont postés à la sortie sud. Et un gigantesque bloc de roche impossible à escalader bloque la sortie est. Quelle sortie choisissez-vous ?

— La sortie sud, lâcha Ruthie.

— Sérieusement ? chuchota Sage. Tu la connais déjà ?

— Non.

— Alors comment tu as…

— Explique-toi, l'encouragea Diarra, sans rien laisser paraître.

— Les lions n'ont rien mangé depuis trois mois, vous dites ?

Diarra hocha la tête.

— Donc ils sont morts.

— Exactement ! s'exclama la professeure. Ton raisonnement est juste et ta rapidité, impressionnante.

Elle se mit à applaudir et, à la grande surprise de Ruthie, les Titans l'imitèrent. Pas de façon lente et mesurée, comme on le fait quand on est jaloux. Non, ces applaudissements étaient joviaux, vigoureux, encourageants. En d'autres termes, perturbants. Car ses camarades n'avaient pas été méchants cette semaine mais, à l'exception de Sage, ils n'avaient pas non plus vraiment été *sympas*.

— En vous basant sur cette devinette, qui peut dire où nous allons ? poursuivit Diarra.

— Au zoo !

— Dans une ferme d'insectes ?

— Faire de l'accrobranche !

— Camper.

— Au Burger Labyrinthe.

— Non, répondit Diarra en souriant. Dans un *escape game*.

Tout le monde poussa des acclamations, mais personne ne criait plus fort que Ruthie. *Mission Xpossible* était une attraction locale où une « équipe » se faisait enfermer dans une pièce, généralement avec une sorte de thème, et devait trouver des indices et résoudre des énigmes pour pouvoir sortir. Détentrice du record de l'escape game, Ruthie n'était plus qu'à quinze points de remporter un cuiseur à riz. Mais, mieux encore, si elle parvenait à rendre aux Titans leur liberté en moins de quarante minutes, elle rentrerait à temps pour aller au cinéma avec Drew et Fonda. Ce serait gagnant-gagnant, d'une pierre deux coups !

Tandis que le van se garait dans le parking de *Mission Xpossible*, Ruthie prévint humblement Sage qu'elle détenait le record et lui demanda si elle voulait des conseils.

— Taisez-vous ! s'écria alors Sage. Ruthie a une annonce à faire !

Ruthie se laissa glisser le long du dossier de son siège.

— *Qu'est-ce que tu fais ?* siffla-t-elle, les joues brûlant sous le feu de toute cette attention.

— J'essaie de t'aider à nous aider, chuchota Sage, avant de s'adresser au groupe : hé, Ruthie n'est plus qu'à quinze points du cuiseur à riz. Elle sait comment…

— Garde ça pour tout à l'heure, intervint Diarra en levant rapidement la main. Le but, c'est de travailler ensemble sous pression. Pas de planifier ni d'élaborer des stratégies avant même d'être entrés. Compris ?

— Compris, répondit Ruthie en hochant la tête, avant de se tourner vers Sage et de murmurer : merci beaucoup.

— De rien, répondit Sage, aux anges.

— J'étais sarcastique.

— Pas moi.

Ruthie pencha la tête sur le côté.

— Hein ?

— Tout le monde sait que le but est de battre le record. Et, quand on y arrivera, Diarra comprendra que c'est grâce à toi. Donc, oui, de rien, expliqua Sage en haussant modestement les épaules. Tu ferais la même chose pour moi, non ?

Soudain, Ruthie éprouva au creux de son ventre le genre de chaleur qu'on ressent lorsqu'on comprend qu'on s'est fait une nouvelle amie, car c'était X-actement le genre de choses que faisaient les vraies amies…

— Bien sûr ! répondit-elle, sincère.

— Tant mieux ! s'exclama Sage en l'attrapant par la manche de son sweat à motifs de cornets de glace. Maintenant, allons déchiffrer des codes !

Les Titans furent accueillis par un garçon en âge d'être à la fac, arborant de nombreux piercings et qui, après leur avoir bandé les yeux, les conduisit dans une pièce qui sentait les produits de nettoyage.

— L'objectif est simple, commença-t-il. Localiser la coupe dorée et vous échapper avec elle en moins d'une heure. Prêts… ?

Quand le buzzer retentit, les camarades arrachèrent leurs bandeaux et s'aperçurent qu'ils se trouvaient dans un débarras de concierge sens dessus dessous. Des bouteilles d'eau de Javel avaient été renversées, des serpillières jonchaient le sol, et les étagères étaient de travers.

— Dégueu, commenta Tomoyo.

— Je pense qu'ils ont oublié de nettoyer après le dernier groupe, fit remarquer Alberta.

— Ce n'est pas une chambre d'hôtel, rétorqua Conrad.

— C'est-à-dire ?

— Il n'y a pas de service de ménage.

— C'est fait exprès, expliqua Ruthie. Bon, l'heure tourne. Déployez-vous et cherchez des indices.

Plus que le travail d'équipe et le chronomètre, ce qui l'intéressait était de rentrer avant que Fonda et Drew ne partent au cinéma.

Sage nettoya ses lunettes et retroussa ses manches, prête à se mettre au boulot.

— Quel genre d'indices ?

— Un code, une clé, une serrure. Regardez sous les tables et les étagères…

Elle s'interrompit en voyant Quinn à genoux, en train de dévisser la plaque protectrice d'une prise électrique.

— Ça ne sert à rien, lança-t-elle. Essaie autre chose.

Elle savait qu'elle était un peu sèche, mais chaque minute perdue était une minute de plus loin de ses copsines.

— Comment tu le sais ?

— Les interrupteurs, les prises électriques, les détecteurs de fumée… ça fait partie de la pièce, pas du décor. Essayez de redresser ces étagères et voyez si ça déclenche quelque chose. Parfois, les indices sont sur du papier. Favian, vérifie la pile de cartes de pointage des employés. Everest, occupe-toi des manches à balai et des bidons de détergent. Quinn, regarde s'il y a une lampe torche à lumière noire. Conrad, ouvre les livres.

— Pourquoi ?

— Pour voir s'il y en a des creux, répondit Sage, qui commençait à comprendre le principe. Ils pourraient contenir un indice.

— J'ai trouvé un écritoire avec une photo dessus ! lança Alberta. C'est un cliché de cette pièce, mais rangée.

— Fais voir, dit Ruthie en le lui prenant des mains, sachant que les photos contenaient souvent des indices précieux. Il faut qu'on fasse en sorte que la pièce soit exactement comme sur cette photo.

Ils se mirent à l'œuvre précipitamment, se bousculant tandis que Ruthie aboyait des ordres.

— Ça la tuerait de dire « s'il te plaît » ? ronchonna Conrad.

Ruthie ignora cette pique, déterminée à maintenir le cap.

— Et maintenant ? demanda Tomoyo lorsque la pièce fut rangée.

Ruth examina leur travail, sidérée qu'ils n'aient toujours aucune piste. C'est alors qu'elle remarqua la pointeuse de travers derrière Conrad.

— Redresse-la, dit-elle.

Avec un soupir indigné, il la remit en place. C'est alors que l'un des murs coulissa, révélant un entrepôt rempli de caisses d'emballage.

— *Yes !* s'écria Ruthie.

S'ils continuaient à ce rythme, Fonda, Drew et elle tremperaient leur pop-corn dans de la sauce fromage pour nachos à l'heure des bandes-annonces.

— Suis-moi, souffla-t-elle à Sage. J'ai la situation en main.

Ensemble, elles doublèrent leurs camarades de classe à toute vitesse, déchiffrant des codes, tournant des clés, ouvrant des cadenas. À la trente-quatrième minute, elles trouvèrent la coupe dans la caisse n° 27, établissant un nouveau record qui valut aux Titans de la pizza gratuite dans la salle de réception et à Ruthie un cuiseur à riz flambant neuf.

— Félicitations, les THP ! s'enthousiasma Diarra. Vous détenez le record de l'évasion la plus rapide à *Mission Xpossible* ! Les Titans sont des héros…

Elle marqua une pause, espérant manifestement un mot en P approprié, mais personne ne répondit.

— Les Titans sont des héros…, réessaya-t-elle.

Zandra rompit le silence.

— Prétentieux. Les Titans sont des héros prétentieux.

— Puérils, renchérit Alberta. Les Titans sont des héros puérils.

— Perfides, ajouta Tomoyo.

Sage tapa rapidement une note sur son portable et la montra à Ruthie. *Pourquoi pas pénibles ?*

Ruthie se retourna vers le bâtiment, confuse. Que se passait-il ? Ils venaient de sortir d'un escape game en un temps record. Maintenant, tout le monde était libre de vaquer à ses occupations du week-end. Ça se fêtait, non ? Leur mot en P n'aurait-il pas dû être *performants* ?

— Est-ce que j'ai raté quelque chose ? demanda Diarra.

Quinn leva la main.

— Ruthie et Sage ont pris le contrôle et elles nous ont laissés en plan.

— Et on a bien fait, rétorqua Sage. Sinon, on n'aurait jamais gagné.

— Le but, c'était de travailler en équipe, pas de gagner ! s'exclama Tomoyo.

— Ouais, et ce n'était pas du travail d'équipe ! lança Conrad à Diarra.

— Je comprends, mais…

— J'apprends en faisant, pas en obéissant, renchérit Alberta. Et elles étaient…

— Ça suffit, la coupa Diarra. Maintenant, tout le monde dans le van. En silence, s'il vous plaît.

Ruthie sentait le poids des regards pleins de rancœur alors qu'ils montaient à bord. Elle entendait les chuchotements réprobateurs. Elle n'avait pas pensé à mal, et elle s'en voulait de les avoir blessés. Pourtant, ils avaient travaillé sous pression et en équipe. Et ils avaient gagné ! N'était-ce pas le but ?

— Il semblerait que nous soyons confrontés à un ML, dit Diarra dans le micro quand ils quittèrent le parking.

— Un quoi ? demanda Ruthie à Sage, à voix basse.

— Un moment-leçon.

— J'ai présenté cette activité comme un travail d'équipe, poursuivit leur professeure, mais chaque équipe a besoin d'un leader pour parvenir à son but. Et quel était le vôtre ?

Personne ne répondit.

— Quel. Était. Votre. But ?

— Sortir le plus vite possible, tenta Sage.

— Et y êtes-vous parvenus ?

— Oui.

— Et l'instinct et l'expérience de Ruthie ont-ils contribué à votre succès ?

— Carrément, dit Sage.

Ruthie aurait voulu étreindre sa nouvelle amie, mais elle garda les bras croisés.

— Dans ce cas, pourquoi n'êtes-vous pas tous en train de la remercier de vous avoir conduits à la victoire ? demanda Diarra. Parce que votre ego prend le dessus sur vous, voilà pourquoi. (Elle marqua une pause pour les laisser digérer ça.) Vous avez raison, cet exercice était centré autour du travail d'équipe et, pourtant, la plupart d'entre vous recherchaient la gloire individuelle. Vous vouliez être le héros, mais personne ne le devient simplement en désirant l'être. On le devient en transcendant son ego et en faisant ce qui doit être fait, qu'il y ait ou non quelqu'un pour le remarquer. Pensez-y…

Ruthie avait envie de bondir sur ses pieds pour applaudir l'approche éclairée de sa prof. Néanmoins, elle jugea qu'il valait mieux ne pas réagir et regarda par la fenêtre au milieu de ce silence étouffant, comme tous les autres.

Après qu'ils l'eurent déposée chez elle, Ruthie gravit en courant les marches menant à la maison de Fonda et sonna trois fois.

Amelia ouvrit la porte, en jean et haut de bikini jaune.

— Elle est chez Drew.

Ruthie fonça alors chez les Harden et sonna de nouveau à trois reprises. Puis elle tapa un R en morse pour faire bonne mesure.

Le frère de Drew ouvrit la porte et resta planté là à la regarder.

— Pourquoi tu n'es pas au ciné avec Drew et Fonda ?

— Elles sont déjà parties ?

Il mordit dans sa barre énergétique.

— Ouais. Genre il y a vingt minutes.

Tout ce travail, tout ce drame, pour qu'au final ses amies soient déjà parties.

— Désolé, mon pote, dit Doug, la bouche pleine, en refermant la porte.

Ruthie baissa les yeux sur son nouveau cuiseur à riz et se mit à pleurer. Et dire qu'elle n'aimait même pas le riz.

CHAPITRE 9

Drew trempa un pop-corn dans le fromage fondu et le jeta dans sa bouche, se délectant du mélange chaud rehaussé d'une pointe de piment jalapeño, suivi d'un croquant satisfaisant. Une expérience gustative cinq étoiles qui chutait à quatre sans Ruthie pour tenir la boîte en plastique, ce qui avait toujours été son truc.

Fonda déballa un bonbon rose.

— On se voyait plus quand elle était à Forest Day, dit-elle.

— Ouais, c'est ce satané Poplar Middle qui nous complique la vie, répliqua Drew, avant de rire un peu. Le SPM nous complique la vie… Tu as saisi ?

— Non.

Drew éprouva une légère déception. Fonda comprenait toujours ses blagues, avant. Peut-être que Ruthie avait raison : ses cheveux raides la rendaient plus sérieuse.

— SPM, comme syndrome prémenstruel…

— Ah oui, fit Fonda en souriant. Pourquoi n'y avais-je pas pensé ?

La vraie question, c'était comment elle, Drew, avait pu y penser. Dernièrement, Will avait pris tellement de place dans son cerveau que c'était un miracle qu'il en reste encore pour ce genre de réflexion surgie de nulle part.

— Et s'il souffrait de prosopagnosie ?

— Qui ça ? demanda Fonda en prenant une poignée de pop-corn.

— Will.

— C'est quoi, la prosop…

— Une incapacité à identifier les visages. Un trouble neurologique qui empêche la personne atteinte de reconnaître les gens. L'infirmière du camp m'en a parlé. Tu crois que Will a cette maladie et qu'elle essayait de me mettre en garde indirectement ?

— Peut-être. Ou alors… Non, rien.

— Quoi ?

— Rien.

— Dis-moi !

Fonda posa le seau de pop-corn sur le siège vide à côté d'elle.

— Peut-être qu'il ne souffre pas de propagande.

— De prosopagnosie.

— Peu importe. Ça ne change rien à ce que je veux dire.

— Qu'est-ce qu'il a, alors ? insista Drew, impatiente d'entendre la réponse de Fonda.

Son amie donnait toujours de super conseils, et elle trouverait peut-être une explication au changement d'attitude soudain de Will, une raison à laquelle Drew n'aurait pas encore pensé.

— Ce que je veux dire, reprit Fonda avec un soupir las, c'est que tu es peut-être trop bien pour lui.

— Je suis trop bien, et donc il ne m'aime pas ? C'est pas logique. Si j'étais si bien que ça, il devrait m'aimer encore plus, non ?

Fonda posa la main sur l'épaule de Drew.

— Ce n'est pas Will qui pense que tu es trop bien. C'est moi.

— Argh ! s'écria Drew en se cognant la tête contre son fauteuil. Je n'y comprends rien !

— Ça ne suffit pas qu'un mec soit sympa avec toi un jour, si c'est pour t'ignorer le lendemain.

Il doit être sympa tous les jours. S'il ne l'est pas, et que tu ne réagis pas, je dois te protéger.

Fonda prit une poignée de pop-corn, mit la tête en arrière et enfourna le tout d'un coup.

— En gros, poursuivit-elle la bouche pleine, si on veut respecter notre pacte de cinquième et ne craquer que pour des garçons qui obtiennent trois pouces levés – un pour chacune d'entre nous – Will doit dégager.

Les mots de Fonda lui firent aussi mal que douze flèches en plein cœur. Lui demandait-elle de choisir ?

— Je sais qu'il s'est comporté bizarrement, mais il y a forcément une raison. Je dois juste la comprendre.

— Non, ce que tu *dois* comprendre, c'est pourquoi tu laisses un garçon traiter ma meilleure amie comme une décoration de Noël.

— Hein ?

— Un truc que tu ne sors qu'une fois par an.

Drew serra les lèvres, trop têtue pour rire.

— Je ne capte pas, c'est tout, reprit Fonda, les yeux rivés sur l'écran, où passaient des offres d'emploi dans les cinémas Regal.

— Qu'est-ce que tu ne captes pas ?

— Tu mérites un frère Hemsworth, et pourtant tu te contentes d'un type qui n'est même pas sympa, répondit Fonda, ses grands yeux marron clair débordant de sincérité. Pourquoi Will ? Pourquoi te plaît-il autant ?

Drew se mit à entortiller le bout de sa queue-de-cheval. Il y avait plusieurs raisons, en réalité :

1. ils avaient eu une conversation cinq étoiles à l'infirmerie,
2. ils faisaient tous les deux du skate et jouaient au zombie,
3. ils aimaient se moquer de *The Skateboard Kid*,
4. les yeux de Will étaient du même bleu que le jean le plus chic de Drew,
5. ils faisaient exactement la même taille.

Mais, ayant déjà expliqué tout ça à Fonda, elle se contenta de demander :

— Et pourquoi pas ?

— Déjà, as-tu vraiment envie d'en pincer pour une personne incapable de se rappeler ton visage ?

— On peut trouver des astuces, répondit Drew en pensant à sa mamie Mae.

Quand on lui avait diagnostiqué une démence, papi Lou avait mis dans toute la maison des Post-it avec des rappels. *Fermer la porte-moustiquaire pour que Tabasco ne sorte pas. Tabasco est notre chien. Le mot de passe de ton téléphone est le 7131. Le postier s'appelle Roland. Il est gentil.* Ce n'était certes pas idéal, mais ce n'était pas impossible.

— Tout ce que je veux dire, c'est qu'un garçon ne doit jamais être garant de ton bonheur.

— Il ne l'est pas. Il est juste garant de mon malheur.

— En résumé, conclut Fonda en se retournant vers l'écran, trouve-toi un mec digne de toi. Passe à autre chose.

Drew se hérissa. *Passe à autre chose ?* Elle n'était pas une lampe. Elle ne pouvait pas couper l'électricité en actionnant un interrupteur. Et pour une raison qui lui échappait, Fonda ne le comprenait pas. Elle ne *la* comprenait pas. Avant, si, mais plus maintenant. Si seulement Ruthie était là... Peut-être qu'elle aurait su que, lorsque le cœur et le cerveau de Drew étaient en désaccord, c'était toujours son cœur qui l'emportait. Même sans preuves ni faits pour le conforter, qu'il ait raison ou non importait peu. Les cœurs n'étaient pas intelligents, mais ils criaient plus fort que la logique. Et le cœur de Drew hurlait tant qu'il aurait pu briser du verre.

Elle se tourna vers Fonda pour lui expliquer tout ça quand, exactement au même moment, celle-ci dit :

— Je suis désolée. Je ne veux pas être méchante, juste que tu sois heureuse, et cette histoire avec Will te rend sérieusement malheureuse. Tu as peut-être besoin de te changer les idées.

Pile à ce moment-là, deux garçons s'installèrent dans les fauteuils derrière elles.

— Hé, voilà qui tombe à pic, marmonna Fonda.

— Sérieusement ?

— Oui. Efface Will de ton panier et ajoute…

Elle pointa le pouce dans leur direction.

Et voilà. Elle se remettait à la traiter comme une lampe. Ou un ordinateur : entrer un nouveau nom et remplacer tout.

— Je ne sais même pas qui c'est.

— Si, chuchota Fonda en se penchant vers les papiers de bonbons tombés par terre tout en faisant signe à son amie de l'imiter. Ils vont à Poplar. Jasper est dans notre cours d'anglais, et je suis en EPS avec Frankie. Tu veux bien essayer, au moins ?

— Bon, d'accord, céda Drew en souriant, car c'était plus facile que de discuter.

Fonda fit les présentations juste au moment où Jasper mordait dans son hot dog.

— Salut, lança-t-il en mâchant, sans remarquer la tache de ketchup sur son pouce.

— Salut, répéta Frankie en posant ses pieds un peu trop près du visage de Fonda.

Ses cheveux lui rappelaient des nouilles chinoises avant qu'on ajoute de l'eau.

— Tu fais du water-polo, non ? demanda Drew, se sentant étonnamment audacieuse.

C'était facile de se sentir sûre de soi quand on s'en fichait.

— Ouais, répondit-il d'un air méfiant. Comment tu le sais ?

— C'est vrai ça, renchérit Fonda. Comment tu le sais ?

— Mon frère Doug en faisait. Lui aussi avait les cheveux en vrac. À cause du chlore.

— Tu es en train de dire que je suis mal coiffé ?

— Au fait, Jasper, intervint Fonda, reprenant les choses en main. Tu as commencé à lire *Outsiders* ?

— Nan, je vais regarder le film à la place, répondit-il en essuyant son pouce plein de ketchup sur son short de surf.

— Pareil, dit Frankie.

— Grosse erreur, lança Drew. Le film est barbant, par rapport au livre.

— Ah ouais ? répondit Jasper en se penchant vers elle. Tu pourrais peut-être me le lire, un de ces jours.

Cela fit rire Frankie. Pas Drew. Et si Jasper avait des difficultés en lecture et besoin d'aide ? Ce n'était pas drôle ; c'était triste.

Les lumières du cinéma se baissèrent, et les filles se retournèrent vers l'écran.

— Tu vois ? dit Fonda. Ça fait du bien de parler à d'autres garçons, pas vrai ?

Drew aurait voulu répondre que ça ne lui faisait pas de bien du tout. Que toutes les routes, imaginaires ou réelles, menaient à Will. Mais Fonda avait l'air tellement contente d'elle, persuadée d'avoir résolu son problème, que Drew n'eut pas le cœur à lui avouer la vérité.

— Ouaip. Je n'en ai plus rien à faire de Will.

— Plus rien du tout ?

— Du tout.

Fonda lui fit signe de continuer.

— Si Will était allongé au bord de la route avec plein d'os cassés, je prendrais mes jambes à mon cou et je changerais de trottoir. J'en ai fini avec ce graze.

— Ce gros naze ? devina Fonda.

— Ouaip. Terminé.

— Vraiment ? insista Fonda, rayonnante de fierté.

— Vraiment.

Mais tandis que la version imaginaire de Drew changeait de trottoir, la vraie Drew changeait déjà d'avis.

CHAPITRE 10

Le soleil californien brûlait le cuir chevelu de Fonda. Son cœur tambourinant criait grâce. Mais depuis qu'elle avait offert cette pochette menstruelle à Ava R., les lettres EPS auraient tout aussi bien pu signifier exercice de popularité subite. Car désormais, Fonda cuisait et haletait aux côtés des Avas, ce qui atténuait considérablement le traumatisme.

— Et si on parlait de la liste des invités pour la fête, lança Ava G. de sa voix haut perchée de petite fille. Je veux votre top 10.

Elles étaient en train de gravir le premier des trois sentiers douloureusement pentus dans le cadre de ce que leur professeur, le coach Pierce, appelait une « super-randonnée ». Tous les autres l'appelaient la « super-gerbe », car quelqu'un finissait toujours par rendre son déjeuner.

D'habitude, Fonda redoutait cette sortie mensuelle. Tous ces ados en sueur portant le même uniforme marron et se bousculant pour passer en premier, comme si savoir gravir une colline à grande vitesse allait les propulser à Harvard. Même si ses jambes avaient grandi de quelques centimètres depuis l'année dernière, elle devait quand même faire deux fois plus de pas que les autres pour garder le rythme.

— Pas juste ! haleta Ava H. en rassemblant ses longues boucles châtain pour les rejeter par-dessus son épaule. Tu… fais… toujours… ça.

— Quoi ?

— Nous poser des questions. Pile quand on commence… à monter… la colline.

— T'as raison, acquiesça Ava R. en riant. Elle fait… toujours… ça. C'est trop… injuste.

— Pourquoi… in… juste ? demanda Fonda, à bout de souffle, osant se mêler à la conversation.

— Comme ça… c'est nous… qui parlons… pendant toute… la montée. Et elle… elle peut respirer. Et écouter.

— In… juste ? répliqua Ava G. Ou génial ?

Les Avas ne rirent qu'à moitié, en raison de leurs réserves d'oxygène limitées, mais Fonda y alla de bon cœur. La joie que lui procurait son importance nouvelle à leurs yeux valait plus que tout l'oxygène du monde. Non pas qu'elle veuille rejoindre leur groupe. Elle voulait *son* propre groupe, dont les membres auraient des prénoms différents et un style capillaire unique. Mais Ruthie était toujours avec les Titans et Drew, qui prétendait désormais se ficher de Will, continuait de le regarder d'un air rêveur à la moindre occasion.

Tout en gravissant laborieusement la colline, Fonda ne pouvait s'empêcher de se demander si Drew et Ruthie n'allaient pas de l'avant sans elle. En tout cas, c'était l'impression qu'elle avait. En plus, aucune des deux ne lui avait souhaité un joyeux demi-anniversaire ce matin, ce qui était bizarre, parce qu'elles fêtaient toujours les demi-années. Avaient-elles oublié ? Ou, pire encore, est-ce qu'elles y avaient pensé mais s'en fichaient ? Peut-être que Drew lui en voulait de lui avoir dit ses quatre vérités au cinéma mais, après tout, Will se comportait vraiment comme un graze. Et les amies étaient censées se dire la vérité, non ? Elles avaient toujours fonctionné comme ça.

— Revenons-en... à la liste, reprit Ava G. en éventant son front luisant. Qui voulez-vous inviter ? Mes parents ont dit... que je pouvais faire venir... trente personnes. Donc, ça fait... dix... chacune.

— Ma liste va sentir la sueur, dit Ava H.

— Hein ?

— Que des garçons !

Fonda rit avec elles, comme si elle ne comprenait que trop bien. Mais, à l'intérieur, elle se sentait dépassée. Ce n'est pas qu'elle avait quelque chose contre les garçons. Elle avait déjà eu des petits coups de cœur et remarquait toujours les beaux mecs. N'empêche qu'elle aurait été incapable d'en nommer trois à inviter à une fête. Alors dix, n'en parlons pas. Est-ce que quelque chose clochait chez elle ?

Les Avas se mirent à réciter leur liste, et Fonda fit de son mieux pour écouter. Mais leurs jambes étaient longues, et les siennes seulement de taille moyenne. Elle commençait à se faire distancer. Elle n'entendit que : « Je ne supporte pas – odeur du déo – Axe. » Et : « Je ne vais pas – quelqu'un avec des lèvres gercées. Autant – avec une lime à ongles. » Et « Peut-on – à notre liste ? » « OK.

Je veux Jess, Jack P. – ack H. Ja – C. – Reef, Lu – Dutch – Gr –… »

On aurait dit une conversation téléphonique avec une mauvaise réception. Des mots, des sons et parfois même des phrases complètes disparaissaient. Mais une chose était claire : Fonda n'avait entendu son prénom dans aucune liste. Pas même dans celle d'Ava R. La discussion dans les toilettes, la pochette menstruelle… ça n'avait servi à rien. Quoi qu'elle fasse, ça n'était jamais suffisant. Et maintenant, à cause d'elle, Drew et Ruthie ne seraient pas assez bien non plus. Elles seraient toujours considérées comme les filles sur la touche. Bien sûr, elles pourraient toujours lancer leur propre groupe d'amies, mais personne ne voudrait en faire partie. Et quand personne ne voulait vous rejoindre, votre équipe était hors-jeu.

— Contractez vos abdos et accélérez ! ordonna le coach Pierce alors qu'elles entamaient la troisième et dernière colline.

Fonda l'ignora. Pourquoi s'évertuer à suivre le rythme alors que les Avas venaient de lui prouver que c'était impossible ? *Abandonner* était son nouveau credo, désormais.

Comme elle traînait des pieds sur le sentier, soulevant de la poussière et des ressentiments, elle fut soudain prise de vertige. Les cactus verts, les buissons bruns et secs, les abeilles bourdonnantes, son souffle lourd et les bouffées occasionnelles d'odeurs corporelles se mirent à tourbillonner dans une marmite de surcharge sensorielle. Son ventre se mit à bouillonner.

De la salive inonda sa bouche.

Son corps rota sans sa permission.

Et puis ses tacos au poulet remontèrent.

— Super-gerbe ! cria Frankie, le garçon aux cheveux en nouilles chinoises.

Et, d'un seul coup, Fonda Miller ne fut plus invisible. Vingt-trois ados garderaient pour l'éternité, gravée dans leur esprit, l'image d'elle en train d'essuyer sa bouche pleine de vomi.

CHAPITRE 11

C'ÉTAIT JEUDI SOIR, et pourtant Ruthie éprouvait une solitude digne d'un dimanche. Elle commençait à redouter d'aller au collège, à le détester, même, car il avait fait d'elle une réfugiée sociale, la condamnant à errer sans se sentir nulle part chez elle.

Certes, elle avait les Titans et, certes, elle apprenait des tas d'anecdotes grâce à Diarra. Par exemple, que le mot « algèbre » venait de l'ancien mot arabe *al-jabr* signifiant « réunion des parties cassées ». Comme dans « Ruthie, Drew et Fonda ont besoin d'un *al-jabr* ». Mais à cause de tous ces déjeuners instructifs, aussi délicieux soient-ils, Drew et Fonda se créaient des souvenirs sans elle.

Et Ruthie ne pouvait pas savourer ses notes parfaites alors qu'elle s'éloignait de ses amies.

Tandis qu'elle terminait le troisième chapitre de son devoir d'écriture créative, elle sentait tourbillonner en elle une insatisfaction lancinante. Son histoire, *Foxie la renarde-garou*, parlait d'une fille de cinquième qui se transformait en renarde les nuits de pleine lune et qui se sentait aussi déchirée que ses collants quand elle changeait de forme. Chasser des écureuils et survivre dans la nature la grisaient, mais devoir le faire seule l'isolait. Dans ce chapitre, Foxie découvrait un élixir permettant de la faire redevenir une fille normale. Si elle le buvait, elle ne ressentirait plus jamais cette euphorie. Si elle ne le buvait pas, elle n'aurait plus rien en commun avec ses amies, qui continueraient leur vie sans elle. À la fin du chapitre, confrontée à ce choix cornélien, Foxie décidait de laisser la nuit lui porter conseil.

Après une rapide relecture, Ruthie téléchargea son travail sur le site du THP, aussi perdue que cette pauvre renarde-garou. En tant qu'autrice, elle avait la responsabilité de sortir son héroïne de ce pétrin mais, si elle avait la solution, elle ne serait pas en train de subir le même casse-tête dans sa propre vie.

— Coucou, dit sa mère avec un doux sourire en poussant la porte de sa chambre.

Elle avait ôté ses lentilles de contact, mis ses lunettes et un bas de jogging. C'était le look que Ruthie lui préférait : il indiquait que le Dr Fran n'était pas de garde et resterait à la maison toute la nuit.

— Asseyons-nous, suggéra-t-elle en désignant le lit.

Ruthie s'affala à côté d'elle.

— Comment ça va ? demanda Fran, la ride du lion marquant son inquiétude.

— Bien, pourquoi ?

— J'ai lu le dernier chapitre de *Foxie la renarde-garou* sur l'espace parents, et…

— Déjà ? Je viens de le poster !

Fran posa la main sur le genou de sa fille, comme elle le faisait quand l'un de ses petits malades avait peur. Pas étonnant que les parents de ses petits patients encensent son comportement sur *Yelp*. Ses doigts dégageaient une douce chaleur ; ses yeux noisette débordaient d'empathie. Votre douleur devenait sa douleur. Elle donnait tout.

— Je m'inquiète pour Foxie, expliqua-t-elle. Elle semble… tiraillée.

Ruthie soupira, soulagée que sa mère ne lui parle pas d'elle.

— Elle l'est.

— Pourquoi ?

Ruthie plongea son regard dans celui de sa mère, derrière ses lunettes. *Vraiment ? Tu ne comprends pas ?*

— Soit son cerveau est heureux, soit c'est son cœur qui l'est. Ils ne le sont jamais en même temps.

Fran rit doucement.

— Qu'y a-t-il de si drôle ?

— Tu viens juste de décrire les difficultés d'une mère active.

— Ah bon ? Comment ça ?

— Si je suis avec mes patients, je ne peux pas être avec toi. Si je suis avec toi, je ne peux pas venir en aide à mes patients. Être avec l'un revient à décevoir l'autre. C'est un équilibre très délicat à trouver.

— Et comment tu fais pour gérer ça ?

— Je fais de mon mieux quand je suis au travail et je fais de mon mieux quand je suis avec papa et toi.

— Mais si tu devais choisir, que ferais-tu ?

— Je choisirais mon cœur. Je te choisirais, toi.

— Alors tu penses que Foxie devrait boire l'élixir et redevenir humaine ?

— Ça dépend. Foxie a-t-elle du mal à s'adapter à son nouveau… euh, sa nouvelle vie de chasseuse ?

— À s'adapter ?

— Oui. C'est un grand changement, par rapport à son ancienne vie. Peut-être qu'elle se sent dépassée. Dans ce cas, il faut qu'elle fasse preuve de patience. Elle va finir par s'habituer.

— Elle n'a pas le temps. C'est ça, le problème. Ses amies ne sont pas nocturnes. Elles ont un emploi du temps complètement différent. Si elle ne les voit jamais, elles poursuivront leur vie sans elle.

— Peut-être que Foxie va se faire d'autres amies. Des amies renardes-garou, comme elle.

— Elle ne veut pas d'amies renardes-garou. Elle veut ses amies normales.

— Plus qu'elle veut chasser des écureuils ?

— Oui.

— Dans ce cas, elle devrait boire l'élixir.

— Vraiment ?

— Absolument. Pourquoi rester dans une situation qu'elle ne peut pas gérer ?

Ruthie sentit soudain le besoin de défendre Foxie. Bien sûr qu'elle pouvait gérer ça. Ses amies lui manquaient, voilà tout.

— Je ne suis pas écrivaine, reprit Fran, mais je sais qu'il y a une différence entre ce qu'un personnage *veut* et ce dont il a *besoin*. Par exemple, Foxie *veut* peut-être rester une renarde-garou parce que c'est excitant, mais elle pourrait avoir *besoin* d'être avec ses amies, parce qu'elles la rendent heureuse. Tu comprends ?

— Oui ! s'exclama Ruthie.

Elle serra alors sa mère dans ses bras avec une telle force qu'elles tombèrent toutes les deux à la renverse sur le lit. Sans le savoir, Fran venait de révéler le code de l'escape game personnel de sa fille.

Maintenant, Ruthie n'avait plus qu'à l'activer, ouvrir la porte et partir.

CHAPITRE 12

Cela faisait six jours que Drew, au cinéma, avait promis à Fonda d'arrêter de penser à Will. Et elle essayait. Vraiment. Le cherchait-elle encore avant les cours, dans les couloirs, pendant la pause-déjeuner, après les cours et quand elle rentrait chez elle avec Fonda et Ruthie ? Oui. Elle restait humaine. En revanche, quand elle le repérait, elle ne lui disait pas bonjour, ne lui faisait pas coucou, ne lui souriait même pas. C'était un progrès. Mais c'était aussi agréable que de se prendre un coup de sabot en pleine poitrine.

— Peut-être que ce Henry y est pour quelque chose, dit-elle alors que les filles commençaient à s'endormir.

C'était son tour d'organiser la soirée pyjama du vendredi soir, et elle jugea que cela lui autorisait un petit écart.

— Pour quelque chose dans quoi ? demanda Fonda en retournant son oreiller pour qu'il soit plus frais.

— Dans la réaction étrange de Will, l'autre jour. Franchement, tu te souviens du regard que Henry lui a lancé quand j'ai dit qu'on s'était rencontrés au camp ? Comme s'il trouvait bizarre qu'on se connaisse déjà.

— C'est qui, Henry ? marmonna Ruthie d'une voix un peu contrariée. Pourquoi je n'ai jamais entendu parler de lui ?

— Henry est l'ami de Will, dit Drew, un peu contrariée elle aussi, car elle l'avait déjà expliqué des semaines plus tôt. Bref, peut-être que Henry est contrarié que Will ne lui ait pas dit qu'il me connaissait...

— Pourquoi serait-il contrarié ?

— Je n'en sais rien. C'est ce que j'essaie de déterminer.

— Hum..., fit Ruthie.

Quelques instants plus tard, le son de leur respiration collective prit le relais, ce qui n'était pas idéal. Si elles s'endormaient avant d'avoir résolu ce mystère, elles ne parleraient plus avant le lendemain matin. Drew ne serait plus leur hôtesse, et l'occasion d'en parler serait passée.

— Je pensais faire du skate demain au collège. S'il joue au zombie, vous pensez que je devrais lui dire bonjour, ou l'ignorer ?

Personne ne répondit.

— Vous comprenez, je ne veux pas qu'il pense que j'en pince encore pour lui. Ce n'est pas le cas. Mais en même temps…

— Purée ! s'exclama Fonda.

Drew sourit. Enfin un peu d'enthousiasme !

— J'ai tapé dans le mille, non ?

— La seule chose sur laquelle tu tapes, c'est mes nerfs.

— C'est pas très sympa, commenta Ruthie d'une voix ensommeillée.

— Non, Ruthie, ce qui n'est pas sympa, c'est de laisser notre amie se torturer à cause d'un mec qui n'en vaut pas la peine.

— Et s'il en vaut la peine et qu'il est juste… bizarre ? demanda Drew.

— Quand quelqu'un te montre son vrai visage, crois-le.

— Justement, je le crois, insista Drew en repensant à ses cinq raisons. Je crois qu'il est cool.

— Mais il n'a pas été cool, il a été bizarre. Tu l'as dit toi-même.

— Je ne voulais pas dire qu'il *était* bizarre. Je voulais dire qu'il se *comportait* d'une façon bizarre. Ce n'est pas la même chose.

Fonda couvrit sa tête avec son oreiller.

— J'abandonne. Je vais dormir.

Drew continua à fixer le plafond pendant si longtemps que la lueur des autocollants phosphorescents que Ruthie, Fonda et elle avaient collés quand elles avaient huit ans commença à faiblir. Son histoire avec Will ne pouvait pas s'arrêter là. Elle le savait comme elle savait qu'avec de l'entraînement elle pourrait avoir le même niveau que Doug au skate, ou qu'elle voulait devenir infirmière. Une petite voix intérieure en était persuadée.

Ce qu'elle ignorait, cependant, c'était pourquoi ses amies doutaient d'elle. Pourquoi elles ne lui faisaient pas suffisamment confiance pour en être convaincues elles aussi.

♥

— Est-ce que ça va ? demanda Drew à Fonda alors qu'elles se disaient au revoir sur le perron, le lendemain matin.

Le ciel était rempli de nuages de la couleur des dauphins, et l'atmosphère, de gêne.

— Ouais. Pourquoi ça n'irait pas ?

— Je n'en sais rien, répondit Drew en toute franchise.

Tout ce qu'elle savait, c'était que les yeux marron de son amie étaient distants tandis qu'elle tripotait les bracelets d'amitié autour de son poignet.

— Vous partez toutes les deux. D'habitude, on va au cinéma ou on fait un tour de vélo en ville, ou…

— J'ai des devoirs, expliqua Ruthie. Bon, je dois construire les maquettes 3D de molécules diatomiques, donc je n'aurai pas vraiment l'impression de travailler, mais quand même. Il y en a sept, alors ça fait beaucoup.

— Et moi, je dois aller à cette conférence sur les obstacles que doivent affronter les féministes avec ma mère.

Drew soupira. Elle ressentait la même chose que quand Will l'avait ignorée. Sauf que cette fois, il ne s'agissait pas de Will, mais de ses meilleures amies. Bien sûr, il arrivait parfois que l'une d'elles ait une obligation le samedi, mais les deux en même temps ? Jamais.

— Trop nul, marmonna-t-elle.

— Mouais, fit Fonda en haussant les épaules.

Mouais ? Ce n'était pas nul d'aller à une conférence alors qu'elles auraient pu fabriquer des colliers au magasin de perles ? Ou siroter du chocolat chaud tout en essayant de trouver à quelles personnes célèbres ressemblaient les clients du café ? Au lieu de ça, elles partaient chacune de leur côté.

Encore une fois.

♥

— Vers le haut, ton flip ! cria Doug, trente minutes plus tard.

Il avait mis de la mousse dans ses cheveux châtain clair pour leur donner un look « naturellement » décoiffé, et il portait un nouveau short de skate, sans chemise. Drew ne prit pas la peine de l'informer que Winfrey n'était pas chez elle, Joan ayant emmené ses filles à la fac pour la série de conférences féministes de l'automne. Sinon, il serait parti à la plage, et Drew aurait passé son samedi toute seule. Et aujourd'hui, même son émission médicale préférée sur Netflix n'aurait pas suffi à lui remonter le moral. Elle avait un besoin urgent de camaraderie et de skate.

— C'est ce que je fais !

— Non ! Tu pars vers le bas.

— Menteur ! protesta-t-elle. Regarde !

Elle pressa la plante de son pied arrière contre l'arrière de son skate, fit glisser l'avant de l'autre pied, puis sauta. Et tomba sur les fesses alors que sa planche partait dans l'allée de Ruthie. Elle grogna. Ça faisait des mois qu'elle réussissait cette figure. Que lui arrivait-il ?

— C'est pas un flip, c'est un flop, commenta Doug. Qu'est-ce que t'as ?

Comme sa sœur ne répondait pas, il lança un caillou sur sa chaussure. Puis, n'obtenant toujours aucune réaction, il lui en balança carrément une poignée.

— Qu'est-ce qu'il y a ?

Il s'allongea à côté d'elle et croisa les mains sous sa tête, comme s'il se prélassait sur une chaise longue, et non dans une impasse sans espoir. Les poils de ses bras étaient dorés, comme la barbe de trois jours sur son menton.

— Allez, dis-moi.

— Quoi ?

— Pourquoi tu fais la gueule depuis ce matin. C'est un problème de fille ? De garçon ?

— De fille.

— Oh, fit-il en rougissant.

— Pas ce genre de problème, pouffa-t-elle. Un problème de fille par rapport à un garçon.

— Raconte, dit-il en s'asseyant et en se frottant les mains.

D'abord, elle lui parla de Will et des cinq raisons pour lesquelles elle tenait à lui, puis elle prit son courage à deux mains pour lui raconter l'épisode qui lui serrait le cœur.

— Quand je l'ai vu au collège, il a fait comme si on ne se connaissait pas.

— Il était avec ses potes ?

— Un seul.

— Et toi ?

— Seulement avec Fonda.

— Ça explique tout, répondit-il en se relevant d'un bond.

— Tu penses qu'il n'aime pas Fonda ?

— Non, peu importe avec qui tu étais, expliqua-t-il en l'aidant à se redresser. Ce qui compte, c'est que tu n'étais pas seule. C'est pour ça qu'il se la jouait cool.

— Il n'était pas cool, Doug. Au contraire.

— Je voulais dire cool dans le sens distant, pas cool comme moi, répliqua-t-il avec un clin d'œil. C'est pas la même chose.

— C'est pas cool, tes clins d'œil.

— Dit la fille qui traîne avec son frère un samedi aprèm.

Drew lui donna un coup sur le bras.

— Quand j'ai quitté St. Andrew pour passer dans le public, moi aussi j'étais paumé. Ça prend du temps de tout capter.

— Super. Et qu'est-ce que tu as capté ? demanda-t-elle, consciente de l'impatience dans sa voix. À part que je suis paumée ?

— J'ai compris que…

Il se mit à tambouriner sur ses cuisses pour faire monter la tension. Drew le frappa de nouveau.

— Allez, dis-moi !

— Will n'est pas bizarre : il est juste timide. Et *bam* !

Il bondit en arrière, comme chaque fois qu'il lâchait une vérité. Comme s'il lui laissait de la place pour atterrir.

— Timide ?

— Oui, timide. Et nerveux. Les mecs sont terrifiés à l'idée de se ridiculiser devant les filles. Et encore plus devant leurs potes.

— Pourquoi ? demanda Drew, qui ne comprenait pas comment on pouvait se sentir ridicule devant ses amis.

Quand elle faisait un truc bête, Fonda et Ruthie l'aidaient à se sentir mieux, pas moins bien. Enfin, avant, en tout cas.

— Les mecs adorent se torturer mutuellement.

— Alors qu'est-ce que je dois faire ? Le torturer ?

— Non, tout le contraire, répondit Doug en riant. Chope-le quand il est tout seul et vois s'il est plus sympa. Si c'est le cas, ne lui prends pas la tête. Sois sympa aussi. Il faut qu'il sache qu'il peut te faire confiance. Que tu n'essaieras pas de lui foutre la honte. Suis mes conseils, et vous jouerez au zombie en un rien de temps.

— Comment tu le sais ?

— Qui pourrait ne pas avoir envie de te faire tomber d'un skate ? la taquina-t-il.

Drew ne prit pas la peine de lui demander quoi faire si Will ne la traitait pas mieux, car ce plan allait fonctionner. Il le fallait. Tant qu'il y a un Will, il y a de l'espoir.

CHAPITRE 13

FOOTBALL.

Ce mot était rarement prononcé, pour ne pas dire jamais, par une Miller. Pourtant, le bal des anciens élèves du lycée ayant lieu dans moins d'une semaine, Winfrey et Amelia ne parlaient plus que de ça. Au lieu de surfer ou de jouer au volley, comme elles le faisaient habituellement le dimanche, elles et trois de leurs amies avaient transformé le salon en institut de beauté. Pour elles, « marquer des buts » consistait à attirer les regards sur la piste de danse après le match et, de toute évidence, elles pensaient y parvenir plus facilement si leurs pores n'étaient pas obstrués.

Pendant ce temps-là, Fonda préparait du pop-corn dans la cuisine, un grain à la fois, de façon à pouvoir les espionner sans avoir l'air de… eh bien, de les espionner. Était-ce immoral ? Probablement. Mais après sa tentative avortée de former un groupe influent, son échec à intégrer la liste d'invités des Avas et la soirée pyjama ultra-bizarre avec ses soi-disant copsines, Fonda se fichait bien de la morale. Ce qui l'intéressait, c'était de sauver ses amitiés à la dérive.

Comment la situation avait-elle pu partir en vrille à ce point ? Tout lui avait paru possible quand elle avait fait son tableau de visualisation. Probable, même. Elle avait presque *senti* ses cheveux lissés au fer se soulever dans le vent tandis que Drew, Ruthie et elle entraient d'un pas nonchalant sur le campus, hilares, sous le regard envieux des Avas. *Comment faire pour intégrer ce groupe de filles stylées et intrépides qui aiment s'amuser ?* aurait-on lu sur leurs visages hébétés.

Non seulement ça n'était pas arrivé, mais voilà que Fonda se retrouvait une fois de plus à regarder ses sœurs mener la vie dont *elle* rêvait, tandis que la sienne continuait de se désagréger. Comme les grains de maïs non éclatés au fond de son bol, Fonda se sentait de trop. Et, pour couronner le tout, les deux seules personnes qui lui avaient toujours donné l'impression d'appartenir à une bande commençaient à faire bande à part.

S'apitoyait-elle un peu sur son sort ? Non, pas un peu, beaucoup. Et il y avait de quoi ! Après tout, la soirée chez Drew avait été tendue :

1. Fonda s'était énervée contre Drew parce que celle-ci était encore accro à un mec qui lui avait mis un vent,
2. Ruthie n'arrêtait pas de soupirer bruyamment chaque fois que Drew et Fonda racontaient une anecdote sur un de leurs cours,
3. Drew avait changé de sujet quand Ruthie avait récité un petit poème humoristique à propos du tableau périodique des éléments, écrit par son amie Sage,
4. Fonda avait été contente que Drew change de sujet, car elle aussi était un peu jalouse que Ruthie ait une nouvelle amie,
5. elles étaient parties chacune de leur côté le samedi matin, ce qui n'arrivait JAMAIS.

Bref, les meilleures copines voisines se comportaient plutôt comme des ennemies voisines et, non seulement c'était douloureux, mais en plus le surnom *ennesines* sonnait mal.

Fonda aurait menti en affirmant que l'idée de tout plaquer pour partir construire des maisons en Asie du Sud-Est avec Habitat for Humanity ne l'avait pas effleurée. Cependant, l'une des intervenantes de la conférence féministe de la veille avait insisté sur l'importance pour les femmes de s'encourager mutuellement afin de pouvoir atteindre leurs objectifs. Et ça avait encouragé Fonda. Pas suffisamment pour l'empêcher de s'apitoyer sur son sort, mais assez pour l'empêcher de partir en Asie. Ses amies et elle traversaient peut-être une période difficile, mais elle allait remettre leur amitié sur pied, et les copsines sur le droit chemin. Et s'il fallait pour cela écouter un peu aux portes pour découvrir comment les filles populaires maintenaient leurs amitiés à flot, alors soit.

— Quelle est notre réponse au pacte des baskets de l'année dernière ? demanda Winfrey en soufflant sur son vernis à ongles blanc pour le faire sécher.

— Euh, quelle est la *question* ? marmonna son amie Jaymee, dont le masque en argile était tout sec et craquelé.

Fonda sourit toute seule. Dernièrement, Winfrey s'était mise à dire des trucs du genre : « Quelle est notre réponse aux sacs à dos ? » ou « Quelle est notre réponse au bœuf ? ». C'était sa nouvelle façon de souligner qu'une vieille mode dépassée avait besoin d'être remise à jour et qu'elle était la mieux placée pour le faire. En gros, c'était sa « réponse » à la façon normale de demander : « Comment me démarquer ? » Et tout le monde trouvait ça hyper déroutant.

— La question, c'est : on portait toutes des baskets au bal l'année dernière, et il faut qu'on trouve quelque chose de mieux.

Ce n'est pas une question, pensa Fonda. Mais les amies de Winfrey se souciaient peu de sémantique. Si elle avait été là, Ruthie aurait appelé la police linguistique.

— Tout sauf des talons, répondit Amelia en s'approchant du stand de coloration capillaire pour examiner les coloris. Comme je le dis toujours...

— Ce qui est mignon peut être confortable, et ce qui est confortable est mignon, lança tout le monde en chœur.

Fonda tapa TROUVER UN SLOGAN PERSONNEL dans l'appli Notes de son portable.

— Pourquoi pas des sandales ? suggéra Cami en arrachant de sa paupière un faux cil de travers.

— *Biiiip !* s'écria Winfrey en imitant un buzzer éliminatoire. Ça fait trop chaussures de jour.

— Des tongs ? tenta Priya.

— Trop juillet.

— Des bottes de pluie ? proposa Jaymee.

— PFF ! lancèrent Winfrey et Amelia.

Ça voulait dire « pas franchement fun ». Elles criaient ça chaque fois que quelqu'un racontait une mauvaise blague.

— Je n'essayais pas d'être fun.

— Dans ton cas, PFF veut dire Pas FiladelFie, rétorqua Winfrey.

— C'est-à-dire ?

— Tu ne vis plus à Philadelphie. Tu vis en Californie. Il ne pleut jamais, ici. On n'a pas de bottes.

Au lieu de faire remarquer que Philadelphie ne commençait pas par un « F », les filles sombrèrent dans le silence, chacune se creusant sans doute la tête pour résoudre la crise de la chaussure.

— Et si on ne portait pas de chaussures ? suggéra finalement Amelia. Un pacte de va-nu-pieds !

Sans hésitation, les cinq filles trinquèrent avec leurs flacons de vernis à ongles pour officialiser leur décision. Elles iraient pieds nus au bal de vendredi. Dès samedi, tout le monde en parlerait. Et, dès dimanche, tout le monde les imiterait. Ça se passait comme ça, avec les sœurs de Fonda.

Et, avec un peu de chance, ça marcherait un jour comme ça aussi pour Fonda, Drew et Ruthie.

Mais comment ?

Fonda, à présent cachée sous la table de la cuisine, tapait FAIRE DES PACTES dans son téléphone quand une idée la heurta de plein fouet : vendredi, pendant que ses sœurs danseraient pieds nus au bal et que les Avas materaient les garçons à leur fête, Fonda entrerait dans l'histoire avec une soirée pyjama Spa-taculaire. Il y aurait de tout dans cette soirée spéciale institut de beauté : du bar à vernis aux barres chocolatées. Elles pourraient se faire des coiffures les unes aux autres, fabriquer leurs propres masques pour le visage, jouer à se mettre des faux cils les yeux fermés, créer des slogans et faire des pactes. Pas un seul PFF ne serait prononcé, car elles ne diraient que des trucs hilarants. Elle encouragerait ses copines et leur montrerait à quel point elles étaient géniales. Elle leur prouverait qu'elles étaient faites les unes pour les autres et que rien ni personne – ni les Avas, ni le graze, ni un programme THP chronophage, ni même les sœurs de Fonda – ne pourrait les séparer.

CHAPITRE 14

TOUS LES JEUDIS, Diarra donnait aux Titans une interrogation écrite sur les cours de la semaine précédente pour s'assurer que personne ne prenait de retard. Pour Ruthie, c'était comme un cadeau des dieux grecs. La solution à son plus gros problème. La clé pour s'échapper du THP.

S'en tenant au plan, elle rédigea sa dernière réponse. *La première loi du mouvement de Newton était : la force est égale à la masse multipliée par l'accélération.* Puis elle pressa deux doigts contre sa tempe palpitante, qui tapait probablement « imposteur » en morse. Car Ruthie savait très bien que la première la loi de Newton était : « Un corps en mouvement reste en mouvement et un corps au repos reste au repos à moins qu'une force non équilibrée agisse sur lui. » Néanmoins, son but étant de partir, et non de réussir, elle sabota également ses contrôles de maths et d'anglais.

Prendre la décision d'« échouer » dans le THP n'avait pas été facile. Il lui avait fallu établir la liste détaillée des pour et des contre, et faire un câlin baigné de larmes à Foxie. Elle était loin, l'époque où son choix le plus compliqué consistait à décider si Drew, Fonda et elle iraient manger un yaourt glacé ou à la boutique de perles. Tout comme l'époque où elle pouvait leur demander conseil. C'était du moins son impression. Leur dernière soirée pyjama avait plutôt eu un goût de « plus jamais » et, à cause de deux sorties scolaires et d'une dissertation de cinq pages sur l'importance du devoir civique, elle les avait à peine vues cette semaine. Heureusement, la soirée Spa-taculaire de Fonda aurait lieu le lendemain mais, d'ici là, elle devrait résoudre ses problèmes toute seule.

« Que penses-tu de mon plan ? s'était-elle demandé à elle-même.

— *Ça dépend,* avait-elle répondu. *Combien de pour ? Combien de contre ?*

— Deux partout.

— *Aïe. Ça ne m'aide pas beaucoup.*

— Mon cerveau dit “Ne fais pas ça”. Il pense que les conférenciers, les anecdotes et les devoirs à la maison originaux me manqueront.

— *Et ton cœur ?*

— Il me dit “Fais-le”.

— *Tu n'aimes pas beaucoup ces Titans, pas vrai ? Ils sont encore jaloux de ta réussite à l'escape game ?*

— Non, ça leur est passé. Tout le monde est super sympa. Everest m'a même appris à bien m'asseoir sur mon ballon de Pilates.

— *Alors pourquoi partir ?* »

Ruthie avait serré ses bras sur son ventre en réfléchissant à sa réponse. Rien qu'*imaginer* Drew et Fonda mener leur vie sans elle lui donnait la nausée. Parce qu'elles étaient plus que des amies, plus que des copsines, même : elles étaient ce qui se rapprochait le plus de sœurs, pour elle.

« J'ai peur.

— *Tout au fond de toi, tu sais où est ta place. Écoute ton cœur.* »

Sur ce, Ruthie avait serré Foxie contre elle, sachant ce qu'elle devait faire. Et elle venait de le faire.

— Ces contrôles étaient trop faciles, pas vrai ? demanda Sage alors que les Titans allaient récupérer leur déjeuner dans le réfrigérateur de leur cuisine.

Ruthie hocha la tête, regrettant de ne pouvoir lui dire la vérité. Elle aimait bien Sage, et le fait qu'elle aussi trouve ces contrôles faciles. Parce que Ruthie ne voulait pas se vanter, mais elle n'avait pas toujours envie de faire comme si les cours étaient durs juste pour s'intégrer. Parfois, elle rêvait de se plaindre que c'était trop facile auprès de quelqu'un qui pensait comme elle.

— Hé, tu veux qu'on fasse un truc ensemble demain soir ? proposa Sage alors qu'elles s'installaient pour regarder un documentaire sur le changement climatique.

Ruthie soupira. Cela lui manquerait de s'instruire en mangeant. D'être entourée de pairs qui préféraient les livres aux films, la radio à Netflix, les conférences TEDx à la Xbox. Sans compter qu'elle n'était plus qu'à une écoute de connaître l'album entier de la comédie musicale *Hamilton*. C'était un bon groupe, seulement, ce n'était pas *son* groupe.

— Ça aurait été avec plaisir, mais j'ai une soirée pyjama spéciale spa demain soir, répondit-elle, frémissant d'impatience à l'idée de partager son plan scandaleux avec ses copines autour d'un chocolat chaud et de vernis à ongles colorés.

À savoir que les Titans devaient maintenir une moyenne minimum de B+ pour rester dans le programme, et qu'elle s'apprêtait à entrer dans la zone D. Diarra la penserait incapable de suivre le rythme et recommanderait qu'elle quitte le programme. Et elles pourraient enfin être ensemble !

— Une soirée pyjama spéciale spa, répéta Sage. C'est une sacrée allitération, non ?

— Ça oui, gloussa Ruthie.

Voir Sage tous les jours en classe lui manquerait. Mais elle ne pensait à rien d'autre qu'à l'enthousiasme qu'elle lirait inévitablement sur les visages de Drew et de Fonda quand elle leur annoncerait qu'elle avait fait exprès d'avoir de mauvaises notes.

— Qui est-ce qui organise cette soirée ? demanda Sage en coinçant une mèche de cheveux roses derrière son oreille. Alberta ?

— Non.

— Tomoyo ?

— Non.

— Attends… Tu ne vas pas dormir chez un garçon, quand même ? s'inquiéta Sage.

— Berk, non ! s'esclaffa Ruthie, ravie qu'une personne autre que Drew ou Fonda se soucie suffisamment d'elle pour se demander avec qui elle passait du temps. J'ai deux amies en dehors du THP.

Sage fronça les sourcils.

— Et tu as encore le temps de les voir ?

J'en aurai bientôt, pensa Ruthie. Parce qu'à partir de lundi elle déjeunerait avec Drew et Fonda, irait en cours avec Drew et Fonda, et ferait ses devoirs avec Drew et Fonda. À partir de lundi, le sigle THP prendrait un tout nouveau sens pour Ruthie. Il signifierait très haute proximité – et il les inclurait enfin toutes les trois.

CHAPITRE 15

L'OPÉRATION « Tant qu'il y a un Will, il y a de l'espoir » tournait au fiasco.

Du Will, il y en avait, mais c'était *impossible* d'être seule avec lui. Il faisait toujours du skate avec Henry pendant la pause-déjeuner, et sa grande sœur venait le chercher après les cours, si bien qu'il ne rentrait jamais chez lui à pied. Drew avait besoin d'un plan B, et vite. Sauf que Doug travaillait au magasin de surf le jeudi, que les copsines avaient banni ce sujet de leurs conversations, et que demander conseil à sa mère ne servirait à rien. Qu'est-ce qu'elle y connaissait, en garçons ?

Découragée, Drew termina ses devoirs puis partit en direction du skatepark de Green Gates pour affronter le bowl. Car quand elle fixait l'abîme en béton, recouverte de protections des pieds à la tête, il lui était plus difficile de penser à l'amour à sens unique. Survivre devenait sa seule préoccupation. Ça, et le fait qu'elle ressemblait à un stormtrooper dans *Star Wars*.

Un par un, les skateurs s'élançaient dans le bowl. Profitant d'une trouée, Drew posa son pied gauche sur l'arrière de sa planche, plia les genoux, ramena son poids en avant et plongea.

— Ahhhhhhh !

Elle avait beau s'être élancée des dizaines de fois dans des dizaines de bowls différents, elle hurlait chaque fois comme sur une montagne russe. Ça faisait partie du jeu. Tout était un jeu, au skate. À part se prendre une gamelle, ce qui arrivait rarement. Mais même dans ces cas-là, personne ne vous jugeait. Ce n'était pas comme au collège ; au skate, on ne considérait pas les ratés comme d'horribles échecs, mais comme une occasion de se relever et de persévérer – et, bien sûr, de se servir de ses talents d'infirmière.

En atteignant le bas de la cuvette, Drew fit pivoter ses hanches pour tourner rapidement et… *BAM !* Quelqu'un déboulant par la gauche l'envoya heurter le sol dans un bruit sourd terrifiant. Sonnée, elle resta affalée sur le béton, silencieuse.

Les yeux fermés, elle tendait l'oreille, à l'affût d'une sirène d'ambulance, tandis que des ombres dansaient sur ses paupières. Combien de temps avant de sentir le goût métallique du sang dans sa bouche ? D'être hissée sur une civière ? De rater la soirée pyjama Spa-taculaire de Fonda pour cause de décès ? Cette soirée représentait une deuxième chance. Une chance de réellement se sentir proche de ses amies et de s'amuser, au lieu de faire une fixation sur Will. Car Fonda et Ruthie avaient peut-être raison. Peut-être qu'il était temps d'admettre la défaite et de passer à autre chose. Mais si elle mourait, comment pourrait-elle…

— Est-ce que ça va ? demanda un garçon, dont la voix rauque, tendue, lui paraissait familière.

Entrouvrant les paupières, elle le vit alors penché sur elle, ses cheveux blonds dissimulant son visage, mais pas son inquiétude.

— Will ?

Aussi cliché que cela puisse paraître, elle était persuadée d'être morte et de se réveiller au paradis. Car quand une fille essaie pendant deux semaines et demie de parler à un garçon, en vain, et qu'elle pose soudain ses yeux défunts sur lui, c'est la seule explication possible.

— Désolé, dit-il. Je ne t'avais pas vue, et puis… (Il tapa dans ses mains.) *Bam !*

Drew scrutait les genoux de Will à la recherche d'écorchures qu'elle aurait pu soigner mais, heureusement, il portait des protections.

— Attends, je vais t'aider, reprit-il.

Sa main était douce et chaude, contrairement à celle de Drew, tremblante et moite. Une fois debout, il la relâcha, mais ce contact continua à faire vibrer le corps de la jeune fille.

Ensemble, ils rejoignirent en boitillant le banc le plus proche, puis Will courut chercher un sac de glace. L'infirmière Cate aurait été impressionnée. Mais Drew, elle, ne savait pas trop quoi penser. Pourquoi avait-il fallu qu'elle frôle la mort pour que Will fasse enfin attention à elle ? Qu'y avait-il d'impressionnant là-dedans ?

— Tu es avec qui ? lui demanda-t-il à son retour, avant de s'asseoir à côté d'elle et de poser son casque sur le banc. Tu veux que j'aille chercher quelqu'un ?

— Je suis toute seule, répondit Drew, gênée qu'il puisse penser qu'elle n'avait pas d'amis. Et toi ?

— Pareil.

— Oh, cool. Euh, désolée, je veux dire.

Will passa les doigts dans ses cheveux aplatis par son casque et sa sueur pour leur redonner du volume.

— C'est moi qui devrais m'excuser.

— De quoi ? demanda Drew, pleine d'espoir.

Allait-il enfin parler de l'incident de la pause-déjeuner ?

— De t'avoir percutée.

— Oh, ça. Ce n'est rien.

Il lui décocha un demi-sourire aguicheur.

— Et toi, pourquoi tu es désolée ?

— Parce que tu n'as pas d'amis, le taquina-t-elle.

— Euh, toi non plus, répondit-il en regardant autour d'eux.

— Au contraire. J'en ai tellement que M. Green Gates a dû leur refuser l'entrée. Pour une question de capacité. Tu ne peux pas comprendre.

Drew était surprise de se sentir aussi à l'aise avec lui. Leur conversation n'était ni maladroite ni forcée. Ils plaisantaient avec aisance. Comme si Will était un vieil ami. Un vieil ami vraiment craquant qui portait toujours le collier en coquillages blancs qu'il avait fabriqué dans le camp de Battleflag.

— Quels furent les derniers mots du skateur ? demanda-t-il.

— Je ne sais pas, répondit-elle tandis que la glace qui fondait contre son coccyx ruisselait sur ses jambes.

— « Hé, mec, regarde ça ! »

Elle pouffa et répliqua du tac au tac :

— Combien faut-il de skateurs pour changer une ampoule ?

Il haussa les épaules.

— Huit. Un pour le faire, sept pour poster la vidéo.

Ils rirent, mais soudain, Drew eut l'impression que c'était elle qui était risible. Will n'était pas timide. Il ne souffrait pas d'un trouble de reconnaissance des visages ni d'une réaction au Levocetirizine affectant sa personnalité. Il était sûr de lui et en bonne santé. Ce qui signifiait que l'explication toute simple de Fonda était la bonne : il ne voulait pas traîner avec elle. Pourtant, tant qu'elle ne l'aurait pas entendu prononcer ces mots, elle n'y croirait jamais vraiment. Parce qu'un courant invisible chargeait d'électricité l'espace entre leurs corps, et ce crépitement prouvait le contraire.

Pourquoi étais-tu aussi bizarre l'autre jour au collège ? Et, avant d'ouvrir la bouche, sache que, quelle que soit ta réponse, je l'accepterai tant que tu es honnête. Car rien ne fait plus mal que d'en être réduit à des suppositions. Pas même la vérité. Voilà ce qu'elle aurait aimé lui dire. Mais elle n'avait pas besoin d'être experte en garçons pour savoir que c'était l'inverse de ce que lui avait conseillé Doug, et que ça ne le mettrait pas à l'aise. Au lieu de ça, elle lui demanda s'il voulait faire du skate avec elle samedi.

— Euh…

Il se mit à fixer le parking, puis à jouer avec la bande en Velcro de son protège-poignet.

— Pas de souci, se hâta de reprendre Drew pour rompre le silence gênant. Je comprends.

— Ce n'est pas ça. C'est…

— On pourra en faire une autre fois. Ou pas. Laisse tomber.

Elle sentit un afflux de chaleur lui picoter les aisselles. Venait-elle vraiment de rimer ?

— Non, j'ai des trucs prévus avec mes amis samedi, c'est tout, répondit-il en la regardant droit dans les yeux, projetant ce courant électrique tout au fond d'elle. Mais tu ne vas pas à la fête des Avas, demain, à tout hasard ?

— Je ne suis pas invitée. Enfin, pas parce que je suis une loseuse, hein. Simplement, je suis nouvelle à Poplar, alors je ne les connais pas vraiment.

— Eh ben, maintenant, tu l'es. Tu n'as qu'à venir avec moi. Je te les présenterai.

La poche de glace tomba par terre.

— Sérieux ?

— Sérieux.

Elle ressentit une telle poussée d'adrénaline qu'elle eut l'impression de s'élancer de nouveau dans le bowl.

— OK, dit-elle.

Will se leva puis se rassit, comme si son corps ne savait pas trop comment réagir. C'était juste adorable.

— Tu veux qu'on se retrouve au collège et qu'on y aille ensemble en skate ? proposa-t-il.

Malgré ses égratignures, ses bleus et ses bosses, Drew ne s'était jamais sentie aussi belle.

— Bonne idée.

Dès qu'ils se furent quittés, Drew sauta sur son skate, sans ressentir aucune douleur, et pressa à toute vitesse son pied contre le sol. Elle avait trop hâte de raconter ça aux filles et, pour être tout à fait honnête, de balancer un ou deux « Je vous l'avais bien dit » amicaux. Mais soudain… *Badaboum !*

Toute sa joie disparut brusquement, comme si elle venait de foncer dans une baie vitrée. Sauf que ce n'était pas du verre que Drew venait de percuter. C'était la réalité.

La fête des Avas aurait lieu le lendemain. Soit vendredi. Le même jour que la soirée pyjama Spa-taculaire de Fonda.

Que faire ?

Devait-elle annuler sa soirée avec ses amies ou sa soirée avec Will ? Rater le Spa-taculaire ou une fête avec un garçon ? Avec LE garçon ! Devait-elle dire à ses amies qu'elle préférait être avec Will, ou à Will qu'elle préférait être avec ses amies ? Quoi qu'elle choisisse, *qui* qu'elle choisisse, elle ferait de la peine à quelqu'un. Et ce quelqu'un serait probablement elle.

CHAPITRE 16

TOUTE LA SEMAINE, toutes les conversations des cinquièmes, peu importe comment elles commençaient, finissaient par évoquer la fête des Avas – une fête à laquelle Fonda n'était pas invitée. Une vie entière à se faire snober par Winfrey et Amelia ne suffisait pas ? Il fallait qu'elle endure une autre année à se faire snober par ses camarades ? Chaque fois que quelqu'un parlait de ça – c'est-à-dire tout le temps –, Fonda avait l'impression qu'on lui labourait les entrailles avec une cuillère à glace.

Elle essayait d'atténuer sa souffrance en pensant au Spa-taculaire, aux masques à la boue, aux playlists, aux friandises et autres séries Netflix qui l'accompagneraient. Elle tentait de se convaincre qu'elle était soulagée de NE PAS avoir à se préoccuper de choisir une tenue pour une fête filles-garçons. Et que sa propre soirée filles-filles serait beaucoup mieux parce qu'elle pourrait porter un pyjama confortable, roter ostensiblement et faire pipi la porte ouverte. Néanmoins, ses discours de motivation intérieurs ne faisaient pas le poids contre la fête des Avas. L'excitation se propageait comme des poux dans tout le collège.

Entendu en cours de sciences :

M. Burman : *Qui peut employer le mot* gonosome *dans une phrase ?*

Maya murmure à son ami Dani : *Ça va être dingo-nosome, la soirée des Avas !*

Entendu pendant la pause-déjeuner :

Fille de quatrième : *Combien faut-il d'Avas pour organiser une fête ?*

Son amie : *Je sais pas. Combien ?*

Fille de quatrième : *Trois.*

Son amie : *J'ai pas compris.*

Fille de quatrième : *C'était pas une blague. Il en faut vraiment trois.*

Son amie : *Ça veut dire que ça va être trois fois plus fun.*

Fille de quatrième : *Je sais, j'ai trop hâte !*

Entendu en cours de maîtrise de la langue :

Mme Silver : *C'est la fin du cours. Amusez-vous bien à la fête des Avas ce soir !*

Dans les vestiaires du collège, Fonda était en train d'arracher sa tenue de sport comme si celle-ci était en feu : si elle entendait une Ava dire encore un truc sur la « chose-qui-rime-avec-bête », elle allait péter un câble.

— Question, commença Ava H. en sortant un miroir de poche de son sac à dos, avant de démêler ses faux cils avec un peigne minuscule. Quelqu'un sait si Henry Bow vient ce soir ?

— C'est l'anniversaire de sa mère, répondit Ava G., dont la voix haut perchée résonnait sur le carrelage blanc défraîchi. Alors, à ta place, je ne compterais pas trop là-dessus.

— Dans ce cas, il ne devrait pas trop compter sur moi non plus, répliqua l'autre Ava à son reflet. Il est Bow, mais pas si beau que ça.

Elles éclatèrent de rire et se tapèrent dans la main tandis que Fonda se hâtait de lacer ses baskets montantes.

— J'ai une nouvelle vestimentaire à annoncer ! lança Ava G.

Les filles s'assirent sur un banc, lui accordant toute leur attention.

— Ma mère a dit oui à la robe dorée !

Ava R. applaudit.

— Avec quelles chaussures ?

— Les filles du lycée vont aller à leur bal pieds nus, cette année. Je vais peut-être essayer.

Ava R. se tourna vers Fonda.

— C'est pas tes sœurs qui ont inventé ça ?

Celle-ci claqua la porte de son casier et fit semblant de n'avoir rien entendu.

— C'est quoi, ta tenue ? lui demanda Ava R., un peu plus fort cette fois.

Fonda regarda son pull à pompons customisé et son legging à imprimé léopard.

— Je sais, c'est un peu *too much*, mais j'ai trouvé un pistolet à colle hier soir et…

— Comment ça, *too much* ? intervint Ava H. C'est tellement… Harry !

Le cœur de Fonda se mit à tambouriner. Certes, elle ne s'était pas épilé les jambes depuis longtemps, mais comment pouvaient-elles le savoir ?

— C'est vrai, renchérit Ava G. T'as le Styles !

Oh. Fonda baissa la tête.

— Vous trouvez ?

Les Avas hochèrent la tête.

— Ce que je voulais savoir, reprit Ava R., c'est ce que tu vas porter *ce soir.*

— Ce soir ? répéta Fonda en s'imaginant en bas de pyjama en flanelle et débardeur Meghan Trainor délavé.

— Oui, ce soir.

— Qu'est-ce qu'il y a, ce soir ?

— Très drôle, lâcha Ava G. qui, voyant l'expression perplexe de Fonda, ajouta : Notre fête, Harry Styles.

— Votre *fête* ?

— Ouais. Tu viens, pas vrai ?

Fonda se mit à tordre nerveusement ses bracelets d'amitié. Elle avait raté un épisode ou quoi ?

— Euh… Mais je n'étais pas sur votre liste.

Les Avas éclatèrent de rire.

— C'était la liste des invités, répondit Ava G. Mais tu n'es pas une invitée, toi ! Tu es pratiquement l'une des nôtres.

Fonda scruta leurs visages à la recherche de signes d'hypocrisie – regards en biais, gloussements mesquins, ou l'énorme « je déconne ! » qui ne manquerait pas de jaillir de leurs bouches. Et qui lui donnerait honte d'avoir espéré qu'elles pensaient peut-être, éventuellement, ce qu'elles venaient de dire. Mais elle ne vit que trois filles qui hochaient gentiment la tête.

— Sérieux ?

— Tu nous as offert des pochettes menstruelles, lui rappela Ava R. Ça vaut bien une invitation automatique à vie.

— Tu le sais, n'est-ce pas ? demanda Ava H. à son miroir de poche en déposant des paillettes sur ses paupières.

Le cœur de Fonda s'arrêta de battre tandis qu'elle se sentait pousser des ailes. Elle était invitée. Elle était *invitée.*

ELLE ÉTAIT INVITÉE !

— Bien sûr que je le savais. Pfff !

Elle avait les joues rouges de honte. Un peu parce qu'elle avait dit « Pfff ! », mais surtout parce qu'elle venait de perdre une semaine entière à ressasser sa colère et son ressentiment envers les Avas. Harry Styles, mon œil ! Harry Hostyles, plutôt.

— Alors, ta tenue ?

— C'est une surprise, parvint-elle à répondre.

Après tout, c'était vrai, même pour elle. Comment allait-elle s'habiller ? Comment iraitelle à la fête ? Que dirait-elle aux garçons ? Est-ce que les gens allaient danser ? Est-ce que quelqu'un l'inviterait ? En avait-elle seulement envie ? Et qu'est-ce que…

Cette cavalcade de questions s'arrêta aussi subitement que brutalement. *La soirée pyjama !*

Qu'allait-elle dire aux filles ? Comment le leur dirait-elle ? Quand ? Seraient-elles en colère contre elle ? Comprendraient-elles ? Voudraient-elles l'accompagner ? Pouvaient-elles l'accompagner… ?

— Juste une petite question, lança-t-elle alors que les Avas ramassaient leurs sacs. Je peux venir avec deux amies ?

Les Avas se regardèrent.

— Elles sont toutes les deux nouvelles ici, poursuivit Fonda mais, ne vous en faites pas, je les connais depuis toujours et j'ai une totale confiance en elles.

— J'aurais bien aimé, mais ma mère est vraiment stricte sur le nombre d'invités, répondit Ava G. en faisant la moue. Désolée. Peut-être la prochaine fois ?

Mais la prochaine fois, ce serait trop tard. Car, pour la première fois de sa vie, Fonda avait deux trucs prévus le même soir – et elle ne savait pas du tout lequel choisir.

♥

Quand elles arrivèrent au bout de leur rue, après les cours, Fonda se cramponna le ventre et grimaça. Elle éprouvait une douleur extrême. Brûlante, tourbillonnante, et de mauvais augure. Sauf que cette douleur ne se limitait pas à son ventre, comme elle voulait le faire croire à Drew et Ruthie. Elle écrasait tout son corps sous son poids honteux, comme le font souvent les mensonges.

Elle avait passé tout l'après-midi à retourner la situation dans tous les sens. Elle avait même envisagé de dire la vérité à ses amies : qu'elle était invitée depuis le début sans le savoir. Que cette fête était le genre de chance qui ne se présente qu'une fois dans une vie, alors que leurs soirées pyjama étaient hebdomadaires. Que si elle y allait, ce serait bénéfique pour elles aussi puisque, la prochaine fois, elle aurait probablement le droit de faire sa propre liste, et qu'elle mettrait Drew et Ruthie tout en haut.

Fonda savait qu'elle devait respecter ses engagements auprès de ses copsines. Mais elle savait aussi qu'elle voulait depuis des années être acceptée par des filles comme ses sœurs ou les Avas. Et maintenant qu'elle l'était, elle ne pouvait pas leur répondre « merci, mais non merci ». Cette fête, c'était peut-être l'occasion en or mentionnée dans sa prédiction. Et quand une occasion en or frappait à la porte, n'était-on pas censé ouvrir et la faire entrer ?

Dans tous les cas, elle finirait bien par devoir leur avouer qu'elles n'étaient pas invitées. Mais Fonda savait d'expérience que ce genre de vérités faisait encore plus mal que les mensonges, et elle voulait leur épargner ça. L'option la plus généreuse n'était-elle donc pas de mentir ?

S'en tenant à sa décision, elle se plia en deux sur le trottoir.

— Aïe !

— Qu'est-ce que tu as ? demanda Drew.

— Mal au ventre, gémit Fonda. J'ai eu la... prof de THP tout l'après-midi.

— Diarra ? demanda Ruthie, inquiète. À cause de quoi ?

— Du poulet avarié, répondit Fonda en sentant s'abattre sur elle une autre vague de culpabilité.

Soudain, une expression indéchiffrable passa sur le visage de Drew, qui se plia en deux à son tour.

— Moi aussi, dit-elle en agrippant son ventre.

— Toi aussi quoi ? demanda Fonda.

— Moi aussi, j'ai mangé du poulet avarié.

— Je pensais que tu avais mangé du saumon à midi ? répliqua Fonda, se demandant comment Drew s'était débrouillée pour attraper un faux mal de ventre.

— Non, c'était du poulet. C'est juste qu'il ressemblait à du saumon. (Elle se plia encore une fois en deux.) Berk, qu'est-ce qui m'a pris de manger du poulet rose ?

Les yeux bleus de Ruthie s'écarquillèrent d'inquiétude.

— Restez ici. Je cours chercher vos mères.

Drew agita la main pour repousser cette suggestion comme si c'était une mauvaise odeur.

— Je pense pouvoir y arriver toute seule.

— Moi aussi, acquiesça Fonda, mais je vais peut-être devoir annuler la soirée pyjama.

Le visage de Ruthie se décomposa.

— Oh noooon ! J'ai un énorme secret à vous dire !

Fonda s'arrêta et s'appuya contre la boîte aux lettres d'un voisin pour en rajouter une couche.

Le bord en métal s'enfonça dans son dos comme une punition.

— Tu ne peux pas nous le dire maintenant ?

— Absolument pas, chuchota Ruthie comme un agent du FBI – un agent très mauvais, pas très discret. Ce secret doit être révélé sous le manteau de l'obscurité.

— Je suis d'accord avec Fonda, dit Drew en traînant faiblement des pieds sur le trottoir. Je crois qu'on devrait annuler.

— Mais on n'a jamais annulé une soirée pyjama ! protesta Ruthie en fronçant les sourcils.

— On n'a jamais fait une intoxication alimentaire au même moment, fit remarquer Drew.

— J'ai une idée ! s'exclama Fonda. Et si on la remettait à demain ?

C'était la solution parfaite. Comment avait-elle pu ne pas y penser plus tôt ? Comme ça, elle irait à la fête, Drew pourrait se remettre de son intoxication alimentaire, et elles auraient leur Spa-taculaire vingt-quatre heures plus tard.

— On ne peut pas faire notre soirée pyjama du vendredi un samedi, insista Ruthie.

— On s'en fiche du jour, tant qu'on est ensemble ! répliqua Fonda en feignant une autre crampe. Oh oh, revoilà la prof de Ruthie ! Faut que j'y aille !

Sur ce, elle courut jusque chez elle sans se retourner. Tout pour échapper à la déception sur le visage de son amie. Une déception qu'*elle* avait causée. Mais elle se rattraperait dès le lendemain en organisant un spectaculaire Spa-taculaire du samedi. En attendant, elle allait découvrir comment les filles populaires abordaient les fêtes, les garçons et la vie – et veillerait à ce que ses amies et elle soient sur toutes les listes jusqu'à la fin de l'année. Et alors, ses mensonges ne compteraient plus.

Ses copsines, si.

CHAPITRE 17

— **Des devoirs un vendredi soir ?** s'étonna Steven, le père de Ruthie, en entrant dans sa chambre suivi de Fran et de son parfum de cerise épicée.

Lui portait un smoking, elle une robe en satin bleu marine. Ils ressemblaient à de vrais gens, pas à des parents.

Ruthie ferma son ordinateur portable et se tourna vers eux avec un sourire censé signifier : « Je suis totalement en paix avec ma situation actuelle. » Plus que les devoirs, c'était ça qui lui demandait un effort car, à l'intérieur, elle éprouvait une déception puissance dix à l'idée que ses meilleures amies étaient trop malades pour passer la soirée avec elle. Néanmoins, elle était heureuse que Diarra lui apprenne à écrire un roman. Les personnages que Ruthie avait créés pour *Foxie la renarde-garou* lui tenaient compagnie, et elle en avait bien besoin.

— Est-ce que c'est trop intense ? s'inquiéta Fran.

— Un peu, répondit Ruthie, qui n'aimait pas quand sa mère portait trop de parfum, car cela lui donnait mal à la tête. Contente-toi peut-être d'un seul pschitt, la prochaine fois.

— Non, rectifia sa mère en riant, je parlais du THP. On veut que tu te sentes stimulée, pas débordée. (Elle s'assit sur le bord du bureau de sa fille et croisa les jambes.) Tu te rappelles notre conversation à propos de Foxie, quand on se demandait si elle devait écouter sa tête ou son cœur ? Son dilemme aurait-il pu te concerner aussi ? Elle semblait confrontée à des difficultés similaires aux tiennes.

— Je ne vois pas le rapport. Je ne suis pas un lycanthrope, répondit Ruthie, essayant de dévier la conversation.

Bien sûr, elle savait que le terme « lycanthrope » s'appliquait aux loups et non aux renards. Mais sa mère l'ignorait, et puis ce mot était presque aussi rigolo que « ribambelle ».

— Tu as raison, admit Fran en soupirant brusquement. Mauvaise analogie. Ce que je voulais dire, c'est que ton père et moi nous demandons si la charge de travail n'est pas trop… intense.

— Pourquoi tu dis ça ? demanda Ruthie, qui hésitait entre se sentir soulagée ou offensée.

— C'est juste que tu n'as vraiment pas l'air d'avoir le moral, dernièrement. Est-ce que tu te sens dépassée ?

Ruthie jeta un coup d'œil aux puzzles sur ses murs, aux livres et aux jeux de société sur ses étagères, aux trophées d'orthographe… toutes ces preuves que son cerveau avait besoin du THP. Mais sa mère avait dit que le cœur comptait plus et donc, s'en tenant à son plan, elle répondit :

— C'est dur, mais je fais de mon mieux.

— C'est tout ce qu'on te demande, intervint son père en l'embrassant sur le front. Je suis fier de toi.

On verra si tu l'es encore lundi quand j'aurai les résultats de mes contrôles, pensa Ruthie, malade de culpabilité. Elle détestait mentir à ses parents, elle détestait faire semblant de ne pas pouvoir suivre le rythme des Titans, et elle détestait savoir que ses amies – les seules que cette décision rendrait vraiment heureuses – étaient malades et qu'elle ne pouvait pas les aider. Tout ça lui donnait l'impression d'avoir elle aussi mangé du poulet avarié.

— Il faut qu'on y aille, rappela Steven à Fran.

— Je n'aime pas la laisser seule à la maison un vendredi soir, répondit cette dernière, comme si Ruthie n'était pas là.

— Je n'y peux rien. Ma soirée pyjama a été annulée.

— Tu ne pourrais pas retrouver une camarade du THP ? s'enquit Fran. On pourrait te déposer en allant dîner et te récupérer en rentrant.

Ruthie envisagea cette possibilité, mais pas plus d'une seconde. Ça lui ferait bizarre de traîner avec quelqu'un d'autre un vendredi soir. Presque autant que d'écrire de la main gauche. D'autant plus que Drew et Fonda étaient malades.

— Tout le monde est pris.

— Tout le monde ? insista sa mère.

Ruthie allait répondre quand elle se souvint de la proposition de Sage. La perspective d'accepter réactivait ce sentiment de gêne de fausse gauchère mais, après tout, Sage l'avait invitée à sortir.

— Peut-être pas, dit-elle en rouvrant son ordinateur pour écrire un mail.

RUTHIE : Tu es toujours dispo ce soir ?

SAGE : Affirmatif. Ma demi-sœur organise une fête chez nous. Tu veux venir ? On pourra espionner tous ces neuneus.

RUTHIE : Affirmatif. Mes parents me déposent bientôt.

SAGE : Habille-toi tout en noir. C'est mieux pour espionner. Dépêche-toi !

Retrouvant espoir, Ruthie ouvrit son placard et repoussa les imprimés joyeux et ses adorables T-shirts avec des chatons, à la recherche des seuls vêtements noirs qu'elle possédait : un legging noir avec des franges sur les côtés, relique de sa passion éphémère pour la danse moderne, et un justaucorps assorti. Pour les chaussures, par contre, ça s'annonçait plus compliqué. Elle choisit une paire de baskets à pois, décidant qu'elle les enlèverait en arrivant chez Sage. De toute manière, ce serait plus pratique pour se déplacer furtivement.

— Intéressant, comme tenue, commenta Fran quand Ruthie monta dans la voiture.

— Ah, comme j'aimerais redevenir jeune, soupira Steven, amusé, en reculant dans l'allée.

Ruthie fit au revoir de la main, toute triste, en passant devant les maisons de Drew et de Fonda.

Elle avait l'impression de les tromper. Mais elle leur apporterait du soda au gingembre le lendemain matin et leur raconterait sa soirée avec une telle profusion de détails qu'elles auraient l'impression d'y avoir été.

CHAPITRE 18

— **Si jamais tu ne t'amuses pas**, n'hésite pas à m'appeler, dit le père de Drew en se garant sur le parking du collège. On peut venir te chercher quand tu veux, maman ou moi.

Drew se pencha vers lui pour l'embrasser sur la joue, ce qui n'était pas particulièrement facile avec un casque et des protections.

— Ne t'en fais pas, papa. Ça va aller.

Mais serait-ce vraiment le cas ? De quoi allaient-ils parler toute la soirée, Will et elle ? Du *Skateboard Kid* ? Et ensuite ? Du camp ? Des cours ? Des profs ? *Barrrr-bant*. Si seulement elle avait pu demander conseil à ses amies…

Alors que son père s'éloignait, Drew commença à regretter cette histoire de poulet avarié. Mentir à Fonda et Ruthie lui semblait triste, mais aussi un peu tragique. Elle aurait préféré que la scène se déroule ainsi :

« Vous savez quoi ? Will m'a invitée à aller à cette fête ! » Et elles auraient répondu : *« C'est pas vrai !? On va t'aider à choisir une tenue à la fois confortable et stylée. »* Et elle aurait dit : *« Mais, et le Spa-taculaire ? »* Et elles auraient répondu : *« On pourra faire ça demain soir. C'est une chance incroyable d'apprendre à connaître ce mec qui te plaît tellement. Il faut que tu y ailles ! »* Et elle aurait dit : *« Vous êtes les meilleures amies du monde. »* Et elles auraient répondu : *« Toi aussi. »* Ensuite, elles l'auraient serrée dans leurs bras et lui auraient fait promettre de leur envoyer des photos.

Mais la conversation n'aurait jamais pu se passer comme ça. Drew aurait baissé dans l'estime de Fonda rien que pour avoir envisagé d'y aller. Elle aurait dit des trucs du genre : *« Will ne te mérite pas »* et *« Tu nous préfères un loser émotionnellement immature et incapable de reconnaître les visages ? »* Et Ruthie aurait crié : *« Quoi ? Je ne t'entends pas ! Je porte des écouteurs invisibles pour réduire les bruits. »* Essentiellement parce qu'elle détestait les conflits, mais aussi parce qu'elle ne possédait aucun appareil électronique, donc de vrais écouteurs auraient été inutiles.

Et donc, quand Fonda avait annoncé qu'elle était malade, Drew avait pensé que ce serait plus simple de dire la même chose. De toute façon, la soirée pyjama était annulée, alors qu'est-ce que ça pouvait bien faire ?

En réalité, Drew, ça peut faire beaucoup de mal, pensa-t-elle en se dirigeant en skate vers leur point de rendez-vous. Elle devait bien admettre que, en dépit de ses cinq raisons, ses amies n'avaient pas tort. Elle n'avait jamais passé de temps avec Will, et pourtant il avait quand même réussi à la déprimer. Et s'il se remettait à la traiter comme une inconnue ? Pire, s'il ne venait pas ? Que ferait-elle, alors ? Elle ne pourrait pas aller pleurer dans les jupes de Fonda et de Ruthie. Elles la croyaient chez elle avec Diarra !

Drew hésitait à faire demi-tour, feindre une guérison miraculeuse et apporter à Fonda du soda au gingembre avec des toasts quand un garçon vêtu d'un jean skinny, d'un T-shirt turquoise et de baskets rouges s'approcha d'elle avec un sourire si pétillant qu'elle gloussa comme une idiote. Ça faisait trop à gérer pour une seule personne.

— Hey, fit Will en approchant.

— Mes parents m'ont forcée à porter ça, répondit-elle en désignant son armure.

— Bonne idée.

— Qu'est-ce que tu sous-entends ? gloussa-t-elle (encore).

— Je t'ai vue faire du skate. C'est tout.

— C'était ta faute, cette gamelle !

— Ma faute ? répéta-t-il en redressant sa planche d'un coup de pied et en l'attrapant. Pourquoi ?

— Lezz tomber.

Elle rit un peu plus longtemps que ne le méritait cette blague, pour éviter un silence gênant. Puis Will suggéra qu'ils se mettent en route.

— Je pensais que tu ne me le proposerais jamais, répondit-elle avec une sorte d'accent chelou à la Harry Potter qu'elle regretta aussitôt.

Est-ce que toutes les filles avaient l'impression de se transformer en robot détraqué quand elles se retrouvaient seules avec quelqu'un qui leur plaisait ?

Ils descendirent Temple Road – une rue sinueuse permettant de longs virages paresseux. Alors qu'ils roulaient, le soleil entama son plongeon derrière l'océan, son dernier baiser de lumière se posant sur leurs visages telle une bénédiction. Si Drew avait vu cette scène dans un film, elle aurait envié la fille qui vivait un moment aussi parfait. Mais cette fille, c'était *elle*. Et ce moment, le garçon, le coucher de soleil, la route sinueuse... tout était à elle.

Elle aurait voulu lui demander s'il aimait le son des roues grinçant sur l'asphalte, si c'était sa chanson préférée, à lui aussi. Mais, contrairement à l'héroïne de son film imaginaire, elle n'avait pas de scénario. Et s'il la prenait pour une folle ?

C'est drôle, dans sa tête, Drew avait eu des centaines de conversations imaginaires avec Will mais, maintenant qu'ils étaient officiellement de sortie ensemble, elle ne trouvait rien à lui dire. Il y avait tellement de petites choses qu'elle aurait voulu lui demander, par exemple ce qu'il regardait à la télé, ce qu'il aimait grignoter, si ses parents aussi lui collaient la honte. Et, si oui, à quel point. Parce qu'il était impossible qu'ils soient plus embarrassants que les siens. Mais une grande interrogation l'emportait sur toutes les autres, qui devraient attendre.

— Bon, j'ai une question, commença-t-elle en se rapprochant de lui.

Nul besoin d'être experte en garçon pour savoir que revenir sur le pourquoi il avait été bizarre était une très mauvaise idée. Elle était censée jouer la fille distante, indifférente à ses sautes d'humeur, parce que… eh bien, parce que c'était ce que conseillaient les magazines que sa mère laissait traîner dans les toilettes. Mais, franchement, comment obtenir des réponses sans poser de questions ?

— Tu te rappelles quand on s'est vus au collège, le jour de la rentrée ?

— Euh, ouais.

— Oh, tant mieux. Je peux donc rayer « amnésique » de la liste, répliqua-t-elle, regrettant que Fonda et Ruthie ne soient pas là pour apprécier ses sarcasmes.

— Hein ?

— Tu as fait comme si tu ne me connaissais pas.

— Ouais, dit-il en baissant la tête. À propos de ça…

Sa bouche s'assécha. Elle avait vu juste. Il y avait bel et bien une raison. Et, à en juger par son expression coupable, ce n'était pas la timidité. Cette raison comportait une part de secret, voire de conspiration. Même son collier en coquillages semblait dans le coup, à sa façon de s'enrouler autour de lui tel un acolyte protecteur, prêt à le défendre à tout prix. Mais Drew n'allait pas se laisser intimider. Elle était déterminée à obtenir une explication, et tant pis si celle-ci ne lui plaisait pas.

— Alors, pourquoi étais-tu…

— Ça roule, Wilbur ? lança un garçon blond en sortant d'une Toyota Prius.

Un blond encore plus blond en descendit derrière lui. Tous deux portaient un caleçon de surf plutôt qu'un short.

— Ça roule ! répondit Will avec un geste sec de la main qui semblait dire : « Ce n'est pas parce qu'on se connaît qu'on est potes », avant d'ajouter doucement, à l'intention de Drew :

— C'est Dune Wolsey. Il m'appelle Wilbur depuis qu'on a lu *Le Petit Monde de Charlotte*, en CE2. Comme le cochon dans le livre. Il ne me reste plus que cinq ans à supporter ça.

— À moins que vous alliez dans la même fac, dit Drew, vaincue.

Ce moment, *leur* moment, était passé.

— Exact, répondit-il avec un sourire en coin, avant de ralentir.

Pour mettre de la distance entre ces garçons et lui, ou bien parce qu'il n'avait pas envie qu'on le voie avec Drew ?

— Géniale, la maison, pas vrai ? demanda-t-il soudain, la sortant de ses pensées.

— Ouais, parvint-elle à répondre, car ce casse-tête mis à part, la maison d'Ava G. était effectivement géniale.

Toute de béton et de verre, elle se dressait derrière un jardin rempli de cactus qui ressemblaient à des hors-la-loi dans la lumière déclinante. Des fauteuils à bascule verts étaient placés de part et d'autre de la colossale porte en bois telles des boucles d'oreilles en émeraude, et la boîte aux lettres était une réplique exacte de la maison.

— On dirait un musée, dit-elle, oubliant temporairement son « à propos de ça… »

Après tout, elle s'apprêtait à aller à une fête avec Will Wilder. C'était à la fois trop stressant et trop génial. (« Trop stressial », comme dirait sa mère.)

Ava G. ouvrit la porte avant qu'ils aient le temps de sonner. Avec ses cheveux amassés en chignon épais au sommet de son crâne et aspergés de spray doré assorti à sa robe, elle ressemblait à un Oscar.

— Wilder ! couina-t-elle d'une voix haut perchée.

Sans ajouter un mot, elle prit leurs skates, les doigts en pince, et les jeta dehors comme s'il s'agissait d'animaux morts.

— Bonjour, moi, c'est Ava, dit-elle à Drew, ses lèvres hésitant entre le sourire et la moue.

— Drew. Je suis nouvelle.

— Elle est avec toi, Wilder ?

— Ouaip.

Ava G. décocha un rapide coup d'œil à la tenue de Drew : jean, Vans, T-shirt blanc. Comparée à elle, Drew aurait pu remporter l'Oscar du pire costume.

— Tu comptes les garder ? demanda Ava en désignant ses protections. Je peux les cacher dans ma chambre, si tu veux.

— Euh...

— Oui, intervint Will, pince-sans-rire. Elle va les garder.

Drew pouffa. *Défi accepté !*

— Bienvenuuuus ! beugla la mère d'Ava en se dirigeant vers eux du pas sec et rapide d'une coureuse qui n'a pas pris la peine de s'étirer. Ava vous a dit ? C'est une zone sans téléphone.

Elle leur tendit un panier. Ils y déposèrent leurs smartphones et on leur enjoignit de se mettre à l'aise. Ce qui était plus facile à dire qu'à faire. Malgré les murs couleur vert d'eau, les cadres en bois flotté et les étoiles de mer en céramique, il n'y avait rien de confortable dans cette maison.

La lumière était crue, la musique, classique et les meubles blancs, protégés par des serviettes. Les filles étaient assises sur le canapé, toutes raides, tandis que les garçons s'étaient regroupés près des étagères chargées de livres. Ce n'était pas une fête. C'était une bibliothèque. Et le pire, c'était que Drew ne pourrait rien raconter à Fonda. Elle ne pourrait pas lui dire : *« Tu aurais passé de la musique plus cool »* ou *« Tu aurais proposé des trucs meilleurs à manger »* ou *« Tu es plus fun que toutes les Avas réunies »*, puisque Fonda ne devait jamais apprendre que Drew était venue ici. Elle ne devait jamais apprendre qu'elle avait préféré Will au Spataculaire. Qu'elle gardait ses protections de skate parce que Will trouvait ça hilarant. Cela lui faisait l'effet d'une punition géante, conséquence de son mensonge. Et elle avait beau savoir qu'elle l'avait bien mérité, ça n'en était pas moins rageant.

— Bon, pour en revenir à ma question…, commença-t-elle en retenant Will avant qu'ils ne s'aventurent dans le salon.

Elle avait conscience des yeux qui les regardaient. Des yeux qui voulaient savoir ce que cet adorable garçon de cinquième fabriquait avec la nouvelle et pourquoi elle était déguisée en stormtrooper. Mais elle décida que rester à proximité de la porte d'entrée était plus important que se mêler aux autres, au cas où il faudrait qu'elle file, dévastée par la réponse de Will.

Comme s'il sentait lui aussi ces regards sur eux, il la prit par la main et l'entraîna vers les portes vitrées coulissantes de la cuisine qui donnaient sur la véranda. À ce contact, elle sentit des décharges électriques parcourir tout son corps. Peut-être qu'elle était bel et bien une lampe, tout compte fait.

— Qu'est-ce qu'il y a ? demanda-t-elle. Tu me fiches la trouille.

Will s'appuya contre la rambarde en verre et prit une profonde inspiration.

— Henry Bow t'aime bien.

— Qui ?

— Le garçon avec qui je faisais du skate, ce jour-là, à midi. Il te trouve, tu sais… cool, je suppose.

— Qu'est-ce que tu racontes ?

— Henry. Il est dans ton cours d'EPS.

— Et alors ?

— Au début de la pause-déjeuner, le jour de la rentrée, il m'a dit qu'il y avait une nouvelle super jolie qui s'appelait Drew et qu'il voulait sortir avec elle.

— Et ?

— Il a dit qu'il mettait une option sur toi.

Drew sentait son cœur battre jusque dans son crâne.

— Une option ?

— Genre, qu'il t'avait vue en premier.

— Et alors ?

— Alors, tu es chasse gardée.

— N'importe quoi ! Premièrement, ce n'est pas lui qui m'a vue en premier : c'est toi. Deuxièmement, c'est moi qui décide si je suis chasse gardée ou non. Et, troisièmement, je suis une personne, pas la dernière part d'une pizza. Il ne peut pas me garder pour lui.

— Je sais. C'est ce que je lui ai dit. Enfin, sans le passage sur la pizza.

Était-ce une bonne ou une mauvaise nouvelle ? Will était-il respectueux ou ridicule ? Devait-elle se sentir flattée ou furieuse ? Elle observa le jardin de derrière, s'accordant un peu de temps pour remettre de l'ordre dans ses pensées.

— Ces arbres ressemblent à des brocolis, tu ne trouves pas ? demanda-t-il.

C'était le genre de commentaire que Drew aurait apprécié en d'autres circonstances. Mais là, tout de suite, on aurait dit qu'il essayait de changer de sujet.

— Je ne comprends pas.

Il pointa le doigt sur le sommet des arbres.

— Je sais qu'il fait sombre, mais si tu regardes attentivement…

— On ne parlait pas des brocolis. On parlait de Henry.

Will passa une main dans ses cheveux.

— Quand je lui ai dit qu'il ne pouvait pas mettre une option sur toi, il m'a demandé si je t'aimais bien. Je ne voulais pas déclencher toute une histoire, alors j'ai paniqué et…

À l'intérieur de Drew, tout s'accéléra. *Il a dit le mot en A ! Il a dit le mot en A ! Il a dit le mot en A ! Il a dit le mot en A ! Il a dit le mot en A ! Il a dit le mot en A ! Il a dit le mot en A !*

— J'ai dit que je ne voyais pas qui tu étais.

— Et alors, c'est vrai ou pas ?

— Ben non, andouille, on s'était vus à Battleflag, tu te rappelles ?

Cette fois, elle ne put réprimer son sourire.

— Non, je voulais dire, est-ce que tu m'aimes bien ?

Était-ce risqué ? Très. Mais elle ne voulait pas perdre une autre milliseconde de sa vie en suppositions. La vérité avait attendu trop longtemps sur le pas de la porte. Il était temps de la laisser entrer.

Alors que Will ouvrait la bouche pour répondre, Drew faillit hurler : « ARRÊTE ! » Elle aurait voulu figer le temps, se glisser dans l'espace entre certitude et incertitude comme dans un sac de couchage et tirer la fermeture Éclair jusqu'en haut. Laisser encore un petit moment la vérité dehors et se lover dans cet endroit où tout ce qu'elle désirait était encore possible.

— Est-ce que je quoi ? demanda Will avec un petit sourire diabolique.

— Est-ce que tu m'aimes bien ?

— Je sais pas, dit-il en regardant les brocolis, puis ses baskets. Est-ce que tu m'aimes bien, toi ?

— Ça dépend.

Il croisa son regard.

— De quoi ?

— Est-ce que tu continueras à faire semblant de ne pas me connaître en présence de Henry ?

— Ça dépend aussi.

— De quoi ?

— Est-ce que tu porteras ces protections au collège, lundi ?

— Probablement, répondit-elle en riant.

— Alors c'est sûr, je montrerai que je te connais.

— Même si Henry est dans les parages ?

— Surtout s'il est dans les parages.

Il sourit, puis donna un coup de pied dans quelques cailloux.

— Écoute, je suis désolé de t'avoir ignorée, dit-il en soutenant son regard. C'était pas cool. On repart à zéro ?

— OK, répondit-elle en lui rendant son sourire.

Elle avait trop hâte de raconter ça à ses copines ! Sauf que, *argh*... Elle était censée être en train de vomir du poulet-saumon, pas d'avoir la meilleure conversation de tous les temps. Et donc, au lieu de fêter ça avec elles, elle devrait leur cacher à tout jamais les arbres-brocolis, son courage, le mot en A et la maturité émotionnelle de Will. Ce qui enlevait presque tout son intérêt à cette soirée.

Presque.

CHAPITRE 19

Le remords se refermait telle une étreinte nauséabonde autour de Fonda, l'enserrant de toutes ses forces. Elle avait simulé une intoxication au poulet avarié, menti à ses meilleures amies et passé quarante minutes à chercher la tenue idéale pour *ça* ? Les lumières étaient aussi crues que dans un cabinet médical ; la musique, digne d'un ascenseur. Et étaient-ce des baby carottes, dans ce saladier ? On aurait dit l'anniversaire d'un enfant en bas âge, sauf que dans les fêtes pour petits, au moins, les filles et les garçons s'adressent la parole.

Elle aurait bien appelé Drew pour prendre de ses nouvelles, mais tout contact avec le monde extérieur était désormais impossible. La mère d'Ava G. avait pris son téléphone.

— Styles ! lança Ava H. depuis le canapé recouvert de serviettes. Viens ici !

Si le legging métallisé d'Ava H. n'avait pas suffi à attirer l'attention de Fonda, son haut à paillettes noires s'en serait chargé.

La tête haute et la poitrine en avant, Fonda traversa le salon avec une démarche de top model, vêtue de ce qui, espérait-elle, établirait sa réputation de visionnaire : kimono en soie, short noir et sandales compensées. C'était joli, sans faire trop recherché. Branché sans être tendance.

— J'adore ton look ! s'exclama Ava G. en la prenant en photo avec son téléphone invisible.

— Le tien est top aussi, mentit Fonda.

La jeune fille ressemblait à s'y méprendre à la statuette des Oscars.

— Je veux le même, intervint Ava R. Où je peux l'acheter ?

Organise une fête d'anniversaire à Ginger Sushi. Le kimono est gratuit pour tout groupe de sept ou plus, n'osa pas admettre Fonda, qui se contenta donc de répondre :

— C'est du vintage.

— Vraiment ? C'est super dom.

— C'est qui, Super Dom ?

— Super dom-mage, répondit Ava R. en faisant la moue. Je ne pourrai pas avoir le même.

— Je peux t'emmener faire du shopping, proposa Fonda. Je connais plein de super boutiques vintage.

— Super oui !

— Et ça, ça veut dire quoi ?

— Juste un grand oui.

Fonda rit. Et pas du rire hypocrite de quelqu'un qui essaie de s'intégrer. Elle était sincèrement amusée. Toutes ces années passées à reprocher aux Avas de ne pas la « voir » lui paraissaient soudain inutiles et puériles. Une occasion ratée de s'amuser. Parce qu'en fait elle n'avait eu qu'à sortir de l'ombre et leur montrer qu'elle existait. Bien sûr, cela lui avait demandé une bonne dose de courage et un peu d'efforts mais, maintenant, tout avait changé. Au point qu'elle commençait à se demander si elle avait raison de vouloir lancer son propre groupe d'amies. Peut-être que la stratégie la plus efficace serait de fusionner : faire entrer ses copines, devenir une bande *géante* et dominer ainsi. Comme dans le jeu du virus : au début, on est tout seul mais, chaque fois qu'on touche quelqu'un, on le contamine. Plus vous touchez de personnes, plus vous êtes nombreux.

Bientôt, la minorité devient la majorité, les petits deviennent les grands.

— En parlant d'égéries, intervint Ava H., qui va remporter le PS, à votre avis ?

— Facile, répondit Ava G. La blonde avec les genouillères. Franchement, vous avez déjà vu quelqu'un porter un truc pareil à une fête ?

Fonda sourit pour elle-même. Ce serait bien le genre de Drew.

— C'est quoi, un PS ? demanda-t-elle.

— À mon avis, ce sera Jasper et Frankie, lança Ava H., ignorant la question de Fonda. Apparemment, ils vont couper l'électricité.

Ava G. jeta un regard en biais au groupe de garçons à côté de la bibliothèque.

— Ils n'ont pas intérêt, sinon mon beau-père va porter plainte.

— C'est quoi, un PS ? répéta Fonda.

— Et en plus, comment on va faire un PS dans le noir ? renchérit Ava R.

— Quelqu'un pourrait-il m'expliquer...

— Ça veut dire Post de la Soirée, expliqua Ava R. La VS qui devient virale.

— La VS ?

— Vidéo de la Soirée. Il y a toujours quelqu'un qui se prend la honte, et on le filme toujours.

— Mais on n'a pas nos téléphones, fit remarquer Fonda, bien consciente qu'elle avait dit « nous », et encore plus que personne ne l'avait corrigée en répliquant : « *Tu n'es pas un nous. Tu es un tu. Il n'y a que nous qui sommes des nous.* »

— Mes parents vont partir dans dix minutes, chuchota Ava G. avant de hausser un sourcil, comme pour dire : « *Tu vois ce que je veux dire ?* »

Fonda ne voyait rien du tout.

— À chaque fête, ils disent qu'ils vont rester jusqu'à la fin, mais ils s'ennuient toujours très vite. Quand ma mère commence à se masser le front, c'est qu'elle est à deux doigts de péter les plombs. Tu vois ?

En effet, la mère d'Ava observait les invités avec un froncement de sourcils de plus en plus marqué. Soupirant, elle se frotta les tempes d'un air théâtral. Et, comme sa fille l'avait prédit, exactement dix minutes plus tard, elle et son mari partaient regarder un film dans le bungalow des invités.

À peine étaient-ils sortis qu'Ava G. s'écriait « C'est parti ! » et que tout le monde passait à l'action. Les garçons poussèrent les canapés contre les murs, les filles sortirent des sodas et des chips de leurs sacs à dos, Ava R. changea la musique et Ava H. tamisa les lumières. Peu de temps après, on flirtait ouvertement et les Avas faisaient danser tout le monde au rythme électro de « Mi Rumba ». De toute évidence, elles n'en étaient pas à leur coup d'essai.

— Allez, Styles ! cria Ava R. en entraînant Fonda au centre de la masse ondulante de danseurs.

Tout autour d'elle, des corps sautaient, transpiraient, tourbillonnaient dans un méli-mélo de mains remuantes, de poings brandis et de baby carottes volant comme des confettis.

Quand elle entendit le début de « I'm Good », de GRiZ, Fonda se débarrassa de ses chaussures, se fichant bien qu'on puisse penser qu'elle copiait ses sœurs, et elle chanta « Na na na na na na na na na » avec tous les autres.

Jusqu'à ce moment-là, Fonda ignorait qu'il était possible de s'amuser sans Drew et Ruthie. Elles lui manquaient, vraiment, elle aurait aimé qu'elles soient invitées. Elles aussi auraient été essoufflées et en nage à force de faire le Nae Nae. Elles auraient chanté à s'en abîmer la gorge et dansé en mode freestyle avec des camarades qui n'étaient pas si affreux que ça, tout compte fait. Et elles auraient enfin compris pourquoi Fonda faisait autant d'efforts pour s'intégrer. Peut-être même qu'elles auraient commencé à en faire elles aussi.

Mais tandis qu'elle dansait, toutes ses ruminations sur ses amies et sur la domination des copsines s'évaporèrent. Il y avait quelque chose de tellement relaxant à simplement *être* dans l'instant plutôt que d'essayer de le *créer.* À ne penser qu'à son propre plaisir. Et elle était bien décidée à profiter de chaque seconde.

CHAPITRE 20

Sage et Ruthie s'accroupirent dans le jardin, entre les plantes grasses et la fenêtre du salon, puis se figèrent pour s'assurer qu'elles n'avaient pas été repérées.

— Je n'en reviens pas que vous viviez ensemble, Ava G. et toi, chuchota Ruthie en abaissant ses jumelles infrarouges.

Elle avait tout d'une mouche, avec ses gros yeux en plastique, son collant noir et son justaucorps. En revanche, Sage, qui s'habillait toujours en noir, arborait le même look que d'habitude. À l'exception de ses baskets montantes dorées, remplacées par des chaussons de danse noirs.

— Je sais. C'était super bizarre au début, mais ça fait presque un an, donc…

Jugeant que la voie était libre, elles se levèrent et se mirent à espionner.

— Comment c'est arrivé ? demanda Ruthie, les yeux rivés sur Ava G.

— Avec du spray coiffant doré et un sacré culot.

Ruthie sourit.

— Non, je parle de votre cohabitation.

— Eh bien, Ruthie, quand un homme et une femme tombent amoureux…

— Non, vraiment, insista Ruthie en riant, soudain consciente qu'elle passait son vendredi soir avec quelqu'un de nouveau – et que ça ne lui déplaisait pas du tout. C'est quoi, l'histoire ?

— Ma mère est morte quand j'avais deux ans, mon père et la mère d'Ava ont commencé à sortir ensemble quand j'en avais neuf, ils se sont mariés quand j'en avais onze, et Ava et moi avons arrêté de nous ignorer le mois dernier. C'est une neuneu, mais mon père dit que je dois faire un effort.

Soudain, Ruthie sentit un malaise l'envahir. Sage la considérerait-elle comme une neuneu quand elle quitterait le THP ?

— Pourquoi est-ce que tu les appelles tous comme ça ?

— Regarde-les, répondit Sage en désignant la foule déchaînée, de l'autre côté de la fenêtre. Qu'est-ce qui te semble intelligent là-dedans ?

— Ce n'est pas fait pour être intelligent. C'est fait pour être amusant.

— Arrête, répliqua Sage en ajustant ses lunettes. Ils font ça parce qu'ils n'ont rien à dire. Franchement, c'est trop bizarre de danser, tu ne trouves pas ? (Elle prit alors une voix de femme des cavernes.) Allez, on va taper sur des instruments et s'agiter dans tous les sens.

Sage n'avait pas tort. Danser, c'était vraiment ridicule, quand on y réfléchissait.

— C'est comme s'embrasser, renchérit Ruthie en imitant elle aussi une femme des cavernes. Allez, on va presser nos bouches l'une contre l'autre en faisant des *« mmmm »* sonores.

— Et taper dans les mains, alors ? On va frapper nos mains l'une contre l'autre pour montrer à quel point on t'aime.

— Et respirer ? ajouta Ruthie, avant de rétropédaler. Euh, non, personne n'a vraiment inventé ça, pas vrai ?

— Hé, fit Sage en ramenant son attention sur la fête. C'est pas ta copine ?

— Ma copine ? répéta Ruthie.

Elle essaya de générer une liste de personnes potentielles, mais elle ne parvint pas à trouver un seul nom. Ses deux amies étaient chez elles, malades.

— Qui ça ?

— Celle avec qui tu rentres à pied après les cours.

Ruthie régla ses jumelles et se crispa. À l'intérieur, une fille qui ressemblait exactement à Fonda faisait le Nae Nae avec les Avas. Cheveux lissés au fer et pieds nus, elle essayait de faire passer un peignoir Ginger Sushi pour un vêtement d'extérieur. Ruthie releva ses jumelles tandis que son cœur s'affolait dans sa poitrine.

— Comment est-ce possible ?

— Tout est possible, avec les neuneus, soupira Sage.

Le corps de Ruthie était prêt à passer à l'action, mais son cerveau essayait encore de rattraper son retard. Y avait-il réellement un sosie de Fonda en ville ? Si oui, et s'il allait au collège de Poplar et possédait lui aussi un peignoir Ginger Sushi, n'en auraient-elles pas entendu parler ? À moins que cette fille soit la vraie Fonda ? Vraie, mais *fausse* ?

— J'ai repéré un possible agent double, dit-elle pour rester dans son rôle.

Car, dès qu'elle cesserait de jouer à l'espionne et redeviendrait elle-même, elle devrait accepter le fait qu'une de ses meilleures amies lui avait menti pour pouvoir aller à une fête sans elle. Et ce serait trop douloureux.

— On doit s'infiltrer, dit Sage. Elle doit être interrogée.

— On va se faire repérer ! protesta Ruthie, les mains tremblantes.

— C'est un risque que je suis prête à prendre. Allons-y.

Sage lui prit la main et l'entraîna vers la porte d'entrée. Mais, quand elles y parvinrent, les lumières s'éteignirent, la musique s'arrêta et tout le monde se mit à hurler.

— Que se passe-t-il ? demanda Ruthie.

— Je n'en sais rien, mais ça va nous permettre de rester cachées, répondit Sage en réglant ses jumelles à vision nocturne avant d'ouvrir la marche. Suis-moi.

CHAPITRE 21

UNE VAGUE DE CRIS PERÇANTS fit éclater la bulle romantique de Drew et la ramena brutalement à la réalité.

— Qu'est-ce qu'il se passe là-dedans ? demanda-t-elle alors que Will pressait son visage contre la porte vitrée coulissante pour en savoir plus.

— Je ne vois rien. Il fait sombre comme dans un film d'horreur, répondit-il avant de ricaner. Je n'en reviens pas qu'ils l'aient vraiment fait.

— Qui a fait quoi ?

— Jasper et Frankie. Ils manigancent cette coupure de courant depuis le début de la semaine.

Drew ignorait complètement comment on coupait le courant, et elle n'était pas d'humeur à le découvrir. Will avait dit le mot en A. Elle lui avait dit le mot en A. La seule chose qu'elle était d'humeur à faire, c'était mordre la vie à pleines dents. Parce qu'apprendre que quelqu'un qu'on aime bien vous aime bien aussi provoque une poussée d'adrénaline capable de transformer n'importe quelle situation désagréable en aventure excitante. Même une crise d'hystérie collective.

— Viens, lança-t-elle. On va aller voir.

— J'ai cru que tu ne me le proposerais jamais, répondit-il avec un accent chelou à la Harry Potter.

— Que se passe-t-il, ici ? cria le beau-père d'Ava alors que lui et sa femme sortaient précipitamment du bungalow des invités.

— C'est un cambriolage ? demanda la mère d'Ava d'une voix haletante.

— Tu crois qu'un cambrioleur s'aventurerait dans une maison remplie d'adolescents ? répliqua son mari en essuyant son front moite de sueur. Les adolescents sont des alarmes naturelles. Même les criminels les plus endurcis ont peur d'eux.

— Alors comment expliques-tu…

— Je crois que des garçons du collège ont fait une blague, intervint Will en les regardant droit dans les yeux, ce que, pensa Drew, ses propres parents auraient beaucoup apprécié.

Soudain, ils entendirent un bruit de verre brisé.

— Mon miroir ! hurla la mère d'Ava.

— Plus jamais ça, marmonna son beau-père avant de foncer à l'intérieur.

— Il faut que je voie ça ! lança Will en prenant Drew par la main pour l'entraîner dans la cuisine obscure.

La décharge électrique qui la traversa au contact de ses doigts aurait suffi à éclairer non seulement la maison, mais tout le quartier.

Comment allait-elle pouvoir ne pas en parler à Ruthie et Fonda ? Ce n'était pas bien de les laisser penser que Will était hautain, malpoli et indigne de son affection, d'autant plus que c'était tout le contraire. Mais comment rattraper ça ? Si elle leur avouait qu'elle avait feint une intoxication alimentaire pour pouvoir filer en douce à une fête, elles ne lui adresseraient plus jamais la parole.

Dans le couloir, des gens criaient, fonçaient dans les murs et s'exhortaient mutuellement à trouver le panier contenant les téléphones.

— Ouille ! souffla Drew lorsque sa hanche percuta le bord de la table de la cuisine, plongée dans une noirceur intersidérale.

— Je t'avais bien dit que tu avais besoin de ces protections, la taquina Will.

Ils entendirent soudain des bruits de pas.

— Quelqu'un arrive, chuchota Drew.

— Baisse-toi !

Ils s'accroupirent derrière l'îlot central de la cuisine, plaquant une main sur leur bouche pour contenir leurs rires.

— Je demande une pause dans la mission pour prendre des chips, annonça une fille en entrant dans la cuisine. Je réfléchis mieux en mangeant.

— D'accord, mais dépêche-toi, murmura une autre fille.

— Je suis un fantôôôme, beugla Will depuis leur cachette.

Drew se mit à trembler de rire.

— Qui est là ? demanda la fille aux chips.

— Laia, répondit Will.

— Laia *qui* ?

— Laia-plus-de-courant !

Drew pouffa.

— Ouais, ça j'avais remarqué. Mais sérieusement, c'est qui ?

— Léon, dit Will.

— Léon ? Léon *qui* ?

— Léon va tous mouriiiiir !

Drew riait tellement qu'elle donna un grand coup dans le dos de Will. Ce qui les fit rigoler de plus belle.

— Euh, note pour le neuneu. Tu es dans *ma* cuisine. Donc si quelqu'un doit filer, c'est toi. Alors maintenant, sors de ta cachette et montre-toi.

— On se fiche de ce fantôme, intervint son amie. On doit rester concentrées sur notre mission.

Il y avait quelque chose de familier dans cette voix tremblotante. Chose étrange, d'ailleurs, car la seule personne qui parlait comme ça était…

Ruthie.

Drew s'arrêta de rire. *Il faut que je fiche le camp d'ici !* aurait-elle voulu dire à Will. Sauf qu'elle ne pouvait pas parler. Elle ne pouvait pas respirer. Elle ne pouvait pas s'arrêter de respirer. Qu'est-ce que fabriquait Ruthie à la fête des Avas ? Elle n'avait qu'une solution : rester au ras du sol, rejoindre la porte coulissante et retourner dehors en catimini.

Sans un mot à Will, elle se mit à ramper. Mais ses protections en plastique crissaient sur le parquet. On aurait dit un cafard qui détale ou un chien qui aurait besoin qu'on lui coupe les griffes.

— C'est quoi, ce bruit ? demanda Ruthie.

Drew se figea.

— Je n'entends rien, répondit sa mystérieuse camarade.

Quelqu'un plongea la main dans un sachet de chips et se mit à manger bruyamment. Drew en profita pour se remettre en mouvement.

— Tu entends ? reprit Ruthie en se rapprochant de Drew. Formez les rangs !

— Besoin de renforts ? demanda son acolyte en jetant le paquet de chips sur l'îlot.

— Oui chef ! répondit Ruthie qui, allez savoir pourquoi, s'exprimait comme si elle était dans un commando de marine.

Alors, Drew entendit des pieds glisser sur le sol. Elle se rappela comment Ruthie, Fonda et elle mettaient autrefois leurs chaussettes les plus glissantes pour faire du patinage artistique dans son couloir. Sauf que ces pieds n'étaient pas légers et gracieux, mais déterminés et…

— Drew ? demanda Ruthie, debout au-dessus d'elle, tenant contre ses yeux une sorte d'appareil qui devait l'aider à voir dans le noir. Qu'est-ce que tu fais ici ?

Elle parlait d'une voix douce et pâteuse, et semblait choquée, désorientée.

Drew était trop sonnée pour répondre. De toute façon, qu'aurait-elle pu dire pour arranger tout ça ? Si seulement elle avait pu s'éloigner en flottant comme un véritable fantôme et disparaître pour toujours… Tout plutôt qu'affronter les conséquences de ses actes. Car dès que Ruthie comprendrait qu'elle avait agi dans son dos et lui avait préféré Will, sa voix tremblante se durcirait sous l'effet de la colère, sa perplexité se transformerait en mépris, et Drew ne voulait pas être responsable de ça. Parce que ce qui caractérisait Ruthie, c'était la joie et les pyjamas à motifs d'ananas. Pas la colère et le mépris.

Pourtant, parmi tout ce qu'elle aurait pu dire à ce moment-là, Drew ne parvint à articuler que :

— Depuis quand tu as des jumelles à vision nocturne ?

Et ça n'arrangea vraiment pas les choses.

CHAPITRE 22

Les lumières se rallumèrent brusquement, et l'hystérie collective s'apaisa instantanément.

Les filles essuyèrent le mascara qui avait coulé de leurs yeux humides, puis sourirent comme si elles ne s'étaient jamais senties aussi bien de toute leur vie. Les garçons éventaient leurs aisselles trempées de sueur et se chambraient pour avoir paniqué.

— J'ai trouvé le panier ! cria quelqu'un depuis la cuisine.

Une bonne trentaine d'invités se ruèrent alors dans le couloir pour récupérer leurs téléphones.

Quelques minutes plus tard, Fonda tapait sur son écran, certaine de trouver des messages de ses amies lui demandant si elle allait bien. Il n'y en avait aucun. Mais ce n'était pas grave. Ruthie voulait sans doute la laisser se reposer, et Drew avait *réellement* mangé du poulet avarié, donc…

— C'est quoi ce cirque ? hurla une voix familière.

Fonda releva les yeux de son smartphone et dut s'agripper à l'îlot de la cuisine pour ne pas tomber.

— Ruthie ?

Sa bouche s'assécha. Tous les bruits de bavardages s'estompèrent.

— Fonda ? demanda une autre voix familière.

C'était Drew. Elle se tenait de l'autre côté de l'îlot, affublée de genouillères et de protections pour poignets.

Une onde brûlante se propagea dans le corps de Fonda. Son sang battait contre ses tempes… ses dents… sa colonne vertébrale. Était-ce une hallucination due à la fièvre ? Une sorte de crise psychotique ? Une vision causée par la culpabilité ? Elle cligna deux fois des yeux, espérant faire disparaître ses amies, mais elles étaient toujours là, la foudroyant du regard, furieuses.

Elle aurait voulu s'excuser. Leur expliquer. Implorer leur clémence. Pleurer. Voyager dans le temps. Fuir ! Mais son cerveau était trop embrouillé.

— Qu’cst-ce que vous faites ici ? lâcha-t-elle plutôt.

Ruthie abattit violemment ses mains sur le comptoir en marbre et lança :

— C’est moi qui vais poser les questions !

Elle était placée au bout de l’îlot, entre Fonda et Drew, avec des jumelles à vision nocturne relevées sur la tête. Ses yeux bleus étaient écarquillés et humides.

— Du poulet avarié, hein ?

— Je peux t’expl…

— Tu as menti ! Tu as dit que tu avais ma prof !

— Attends, c’était un mensonge ? demanda Drew à Fonda.

— Et toi ? répliqua celle-ci.

Les Avas, ainsi que des dizaines d’autres personnes, s’étaient regroupées dans la cuisine, et braquaient leurs téléphones sur elles. Depuis combien de temps étaient-elles là ?

— Est-ce qu’on peut aller en parler dehors ? marmonna Fonda en désignant la foule de spectateurs.

Il fallait qu’elle sache ce que Ruthie et Drew faisaient là ; il fallait qu’elle arrange tout ça. Mais pas devant les paparazzis de Poplar.

— « Est-cequ'onpeutallerenparlerdehors ? » l'imita Ruthie d'une voix moqueuse. Qu'est-ce que ça peut faire que tout le monde regarde ? C'est ça, la seule chose qui t'intéresse ?

— Quoi ?

— Ce que les gens pensent de nous ?

— Nous ? railla Fonda. Il n'y a plus de *nous* depuis que tu es dans le THP.

— Au moins, les THPeurs ne sont pas des menteurs, des conspirateurs et des traîtres.

— Vive les Titans ! s'exclama Sage en brandissant un poing vers le plafond.

— On n'a pas conspiré. Je ne savais pas du tout que Fonda serait ici, précisa Drew avant de se tourner vers cette dernière. Pourquoi tu ne me l'as pas dit ?

— Et *toi*, pourquoi tu ne me l'as pas dit ?

Drew baissa les yeux.

— Tu m'aurais trouvée pathétique.

— Quoi ? demanda Fonda, qui avait l'impression qu'elles se liguaient contre elle.

Et puis elle ne comprenait pas. Comment Drew avait-elle été invitée ? Et Ruthie ? Et comment Drew pouvait-elle dire une chose pareille ?

— Pourquoi est-ce que j'aurais pensé ça ?

Drew fit un signe de tête en direction de Will, qui se tenait à côté de la porte vitrée. Les portables pivotèrent vers la gauche, tel un banc de poissons changeant de trajectoire.

— Attends une seconde, intervint Ruthie. Tu as menti pour pouvoir venir ici avec *lui* ? Le graze pour lequel tu ne prendrais soi-disant même pas la peine de traverser la route, *même* s'il était blessé ?

— Drew ? Tu as dit *ça* ? s'indigna Will, la bouche pleine de chips.

— Non !

— Si, elle l'a dit, intervint Jasper. Je l'ai entendue au cinéma.

— Au cinéma ? répéta Will, son regard passant de Drew à Jasper. Quand est-ce que vous êtes allés au cinéma tous les deux ?

— On n'y est pas allés tous les deux, répondit Drew juste au moment où Jasper précisait : « Samedi dernier. »

Drew se tourna vers Ruthie.

— Attends, comment tu es au courant que j'ai dit ça, toi ? Tu n'étais même pas là.

— Fonda me l'a dit.

— Merci beaucoup, Fonda.

— Je…

Cette dispute empirait à chaque seconde, et Fonda ne savait pas comment l'arrêter.

— Bon, Drew, tu as dit ça, oui ou non ? insista Will.

— Oui. Je veux dire non. Enfin si, je l'ai dit, mais je ne…

— La lose ! cria Frankie.

— Grave la lose, renchérit Jasper.

— Pauvre Wilbur, et dire qu'il est venu avec elle, dit Dune Wolsey avant de marquer une pause. Ou alors c'était Jasper ?

Alors, tout le monde se mit à entonner « La lose ! La lose ! » et, avant que Drew ne puisse le retenir, Will ouvrit la porte coulissante et s'en alla.

— *S'il vous plaît,* est-ce qu'on peut parler de ça dehors ? répéta Fonda, voulant désespérément échapper à la lumière des projecteurs qu'elle avait si souvent désirée.

— Pourquoi ? lança Ruthie, les yeux agrandis par l'émotion. Tu ne veux pas que ces neuneus sachent qu'on est amies ? Tu as honte de moi à ce point ?

Fonda avait l'impression d'avoir reçu un coup de poing en plein ventre. Des *neuneus* ? C'était sérieusement ce que pensait Ruthie de tous ceux qui ne faisaient pas partie du THP ? Était-ce ce qu'elle pensait de Drew et de Fonda ?

— Seulement quand tu utilises le mot « neuneus », décocha-t-elle.

Tout le monde éclata de rire, et Fonda regretta aussitôt cette pique. Mais franchement, des *neuneus* ? Comment pouvait-on dire des trucs pareils ?

— S'il vous plaît, je veux juste qu'on aille discuter dans un endroit tranquille. Je suis sûre qu'on a toutes de bonnes raisons de...

— De quoi ? demanda Ruthie, alors que le choc se transformait en colère. De mentir ? De trahir ? D'être opportuniste ? Pas la peine de discuter. On n'a plus rien à se dire.

Sur ce, elle serra son poing droit, tapa rapidement le mot « fini » en morse sur l'îlot, puis ouvrit la porte coulissante pour s'en aller. Ses bracelets d'amitié se prirent alors dans la poignée, les cordons se déchirèrent et des centaines de perles s'éparpillèrent par terre.

— Voilà les miettes de notre amitié, lâcha-t-elle, les yeux pleins de larmes.

Puis elle s'enfonça dans l'obscurité, Sage sur les talons.

— Est-ce que tout le monde va bien ? demanda la mère d'Ava G. en entrant dans la pièce au pas de course, le visage paniqué.

— Mieux que bien, chuchota Ava R. à Fonda. On tient notre PS.

Fonda aurait voulu balancer le téléphone d'Ava par terre pour effacer ce qui avait été l'expérience la plus mortifiante de sa vie. Mais quand bien même elle aurait détruit la vidéo d'Ava, ça n'aurait rien changé. Il y en avait des dizaines d'autres. Autant de rappels digitaux qu'il fallait se méfier de ses désirs. Surtout quand le plus grand était d'être la fille du collège de Poplar la plus suivie de l'histoire sur les réseaux sociaux.

CHAPITRE 23

Les titans paressaient sous la pagode pendant la dernière récréation du lundi – « le moment du lundi », comme Diarra l'appelait. Leur professeur présentait en effet ce temps de détente comme une occasion de retisser les liens après le week-end. En réalité, cela lui permettait surtout de finir de noter les contrôles du jeudi. Et Ruthie appréciait d'autant plus cette session de ragots avec eux qu'elle n'avait officiellement plus de meilleures amies.

— Tu as vraiment dit « Voilà les miettes de notre amitié » ? demanda Alberta pour la cinquième fois.

— Je plaide coupable, dit Ruthie en levant la main.

Alberta se rallongea sur la pile de coussins marocains comme si elle venait de finir un copieux repas.

— Génial, commenta-t-elle.

— Ça, tu peux le dire, renchérit Sage, manifestement fière d'avoir assisté à la scène. Tu aurais vu la tête de ces neuneus quand elle les a démasquées…

Favian ouvrit la bouche pour désigner la flaque luisante sous sa langue.

— Regardez, je suis lit-té-ra-le-ment en train de saliver. Je vous jure que cette histoire déclenche un réflexe de Pavlov chez moi.

— J'aurais aimé voir ça, dit Tomoyo.

— Tu *peux* le voir, rétorqua Ruthie, radieuse. C'est devenu viral !

Sa capacité à lâcher ça avec un tel enthousiasme et une telle fierté ne lui échappa pas. Moins de vingt heures plus tôt, elle était pourtant recroquevillée sur son lit, en pleurs, couvrant Foxie de larmes et de morve. Incapable de manger, de dormir, d'écrire. Comment ses soi-disant amies avaient-elles pu lui mentir et la planter comme ça ?

Sage n'arrêtait pas de traiter Drew et Fonda de neuneus mais, aux yeux de Ruthie, c'était elle, la vraie neuneu. Il se passait exactement ce qu'elle redoutait depuis que Fonda lui avait montré les lettres « THP » sur son emploi du temps, le jour de la rentrée. Drew et Fonda étaient passées à autre chose, et Ruthie avait été trop naïve, trop neuneu pour s'en rendre compte.

Si son cerveau ne lui avait pas réclamé quelque chose de nouveau à se mettre sous la dent – autre chose que cette trahison –, Ruthie aurait sorti la carte du poulet avarié pour passer la journée au lit. Mais elle en avait assez de penser aux filles qui l'avaient poignardée dans le dos. Les Titans la soutenaient désormais et l'aideraient à panser ses plaies. Oui, elle avait perdu deux amies, mais elle en avait gagné neuf.

— J'ai une question, intervint Zandra. Tu as dit à la brune, je cite : « Tu as dit que tu avais ma prof. » Te référais-tu à Diarra et, si oui, que voulais-tu dire exactement ?

Heureusement, les bols tibétains retentirent avant qu'elle ne puisse répondre. La journée était terminée. Tout ce qu'il leur restait à faire désormais, c'était à aller chercher leurs notes et…

Ruthie s'arrêta brusquement avant d'entrer en classe, le corps lourd de regret. Qu'avait-elle fait ? Elle allait avoir le mot en É sur ses contrôles. Et cet échec la reléguerait dans les cours normaux, où son cerveau mourrait de faim et où son cœur se ferait de nouveau démolir par Drew et Fonda.

Ruthie n'avait pas le choix : il fallait qu'elle reste après les cours et qu'elle avoue. Mais comment expliquer à Diarra qu'elle avait saboté ses notes pour retrouver des amies qui ne tenaient même pas à elle ?

Mais, en fait, Diarra ne leur donna pas leurs résultats. Au lieu de ça, elle souhaita une bonne soirée à tout le monde et demanda à Ruthie de rester un moment.

— C'est drôle que vous me demandiez ça, commença Ruthie en s'approchant du bureau de sa prof, parce que je voulais justement vous parler de quelque chose.

— Super, répondit Diarra avec un sourire distrait. Tes parents seront là d'une minute à l'autre. On pourra en parler tous ensemble.

— Mes par…

— Bonjour, Ruth-Ann, lança Steven en entrant dans la pièce.

Les Goldman portaient leurs vêtements professionnels – Fran une blouse rose, Steven un costume –, ce qui signifiait qu'ils avaient quitté leur travail en toute hâte, trois heures avant la fin de leur journée. Oubliez très haut potentiel :

THP signifiait désormais terrifiée et horriblement pitoyable.

— Asseyez-vous, dit Diarra en désignant les neufs ballons de Pilates disponibles.

Fran et Steven échangèrent un regard gêné avant de s'installer avec précaution sur les boules blanches. Ils se mirent aussitôt à tanguer et se prirent mutuellement le bras pour se stabiliser. En d'autres circonstances, les voir osciller ainsi aurait été hilarant mais, à cet instant précis, ils étaient trop agacés pour rire : leur courroux n'en aurait été que plus grand.

— Merci d'être venus aussi vite, commença Diarra en tendant à Steven une fine liasse de papiers.

Ruthie aperçut les notations en rouge alors qu'il les feuilletait : 73 % en maths, 68 % en science, et 71 % en anglais.

Je n'arrive même pas à échouer !

Non qu'elle veuille échouer. Plus maintenant. Elle voulait à tout prix rester dans le THP. Rester avec ses seuls amis.

— Oh, fit Steven en déboutonnant sa veste. Je m'attendais à pire.

Fran se tourna si rapidement vers lui qu'elle faillit se retrouver par terre.

— Vraiment ?

— Quoi ?

— Elle n'a jamais eu moins de 97 % !

En réalité, elle n'avait jamais eu moins de 98 %, mais ce n'était pas le moment de chercher la petite bête.

— Je t'avais bien dit qu'elle était dépassée, lança Fran à son mari, et tu as dit que j'exagérais.

— Je n'ai pas dit que tu *exagérais*, Fran, répondit-il de sa voix d'avocat. J'ai dit qu'on devait lui laisser un peu de temps.

— Non, tu as spécifiquement employé le verbe *exagérer*.

— Tu te trompes.

— Non, *tu* te trompes.

Diarra s'éclaircit la gorge.

— En réalité, je pense que vous vous trompez tous les deux, intervint-elle avec douceur. Ruthie n'est pas dépassée, et elle n'a pas besoin de plus de temps. C'est une élève très douée, dotée d'une mémoire photographique et d'une passion contagieuse pour le savoir. Ruthie ne manque pas de capacités.

Fran et Steven se redressèrent un peu, leurs ballons soudain immobiles.

— Où voulez-vous en venir ? osa demander Fran.

— Je soupçonne votre fille d'avoir fait exprès d'obtenir des notes aussi faibles.

— Exprès ? répétèrent-ils en chœur.

— J'ai déjà vu ça, même si je dois admettre que je ne m'y serais jamais attendue de la part de Ruthie, poursuivit Diarra avec un froncement de sourcils déçu. La plupart des jeunes seraient prêts à se rouler dans du fumier de canard pour intégrer ce programme...

— Drôle d'image, marmonna Steven.

Diarra l'ignora.

— Néanmoins, certains élèves ne veulent pas être dans le THP. Ils trouvent ça clivant. Je crois que votre fille a délibérément raté ses contrôles pour cette raison précise. Pensez-y, dit-elle avant de se tourner vers Ruthie. Pourrait-il y avoir un peu de vérité dans ma théorie ?

Ruthie marqua une pause, sachant que ce qu'elle s'apprêtait à dire risquait de retomber sur sa mère. Mais elle en avait assez des mensonges et de la dissimulation. Même bien intentionnés, ils finissaient toujours par causer plus de chagrin que la vérité. Et Ruthie en avait sa claque du chagrin.

— Ma mère et moi parlions de la difficulté de faire en sorte que le cerveau et le cœur soient heureux en même temps, et elle a dit… Elle m'a conseillé de suivre mon cœur.

— *Quoi ?* s'étrangla Steven.

Fran pencha la tête en arrière.

— Attends une seconde, ce serait ma faute ?

— Tu as dit que si tu devais choisir, tu choisirais ton cœur, poursuivit Ruthie.

— Ruthie, on parlait de mon travail par rapport à ma famille. Donc oui, je vous choisirais, papa et toi, plutôt que mon emploi. Mais je ne vois pas trop le rapport avec ta situation.

Ruthie baissa la tête, remarqua l'absence de ses bracelets d'amitié, et les larmes lui montèrent aux yeux. Dire qu'elle avait failli sacrifier son éducation pour deux personnes qui ne sacrifieraient même pas leur vendredi soir pour elle. Comment avait-elle pu être aussi pathétique ? Aussi dépendante ? Aussi masochiste ?

— Ruthie ! aboya Steven, avocat pénaliste endurci sur qui les larmes n'avaient aucun effet. Réponds à ta mère.

— C'était quoi la question ? demanda Ruthie en reniflant.

— Qu'as-tu choisi ? Qu'y a-t-il de plus important que ton éducation ?

— Mes amies, répondit-elle d'une toute petite voix.

— Tes amies ? répéta Steven.

— Drew et Fonda ? demanda Fran.

Ruthie hocha la tête, les joues trempées de larmes.

— Tu es sérieuse ? lança Steven.

— Mais j'ai changé d'avis, reprit-elle d'un ton suppliant. Je veux être ici maintenant. C'est juré.

— Dans ce cas c'est réglé, trancha son père avant de se lever, de reboutonner sa veste et d'aller poser les contrôles sur le bureau de la professeure. Je suis navré de vous avoir fait perdre votre temps, Diarra.

— J'ai demandé à ce que Ruthie soit transférée dans les cours normaux, répondit celle-ci. Nous voulons que nos élèves soient heureux, et si elle ne l'est pas…

— Mais j'étais heureuse ! insista Ruthie en se levant à son tour. Je veux dire, je *suis* heureuse. Je veux rester.

Diarra se mit à ranger des documents dans son sac en tissu. La conversation était terminée.

— Ruthie, le THP est un programme particulier qui ne fonctionne que si nos élèves ont *vraiment* envie d'en faire partie. Je pense que le mieux pour toi est d'essayer le parcours classique et, si tes notes le permettent, nous pourrons en reparler l'année prochaine. Merci d'être venus, monsieur et madame Goldman. J'espère que votre fille trouvera ce qu'elle cherche. C'était un plaisir de l'avoir parmi nous.

Sur ce, elle s'en alla, abandonnant Ruthie dans la classe face à deux parents indignés et au premier problème académique de sa vie, qu'elle ne savait pas résoudre.

CHAPITRE 24

LUNDI APRÈS L'ÉCOLE, Doug se laissa tomber à côté de Drew sur le canapé et alluma la télé. Il sentait la crème solaire et le surf. Au moins, l'un d'eux avait une vie.

— On n'a pas le droit de regarder la télé les soirs de semaine, lui rappela-t-elle, pas parce qu'elle était à cheval sur les règles de la famille, mais parce qu'elle voulait bouder toute seule.

— Papa et maman sont partis randonner. On a une heure.

Il fit défiler les chaînes et opta pour un documentaire sur les vétérans de guerre. Tandis qu'il le regardait, Drew revivait les horreurs de cette journée.

1. Ruthie était partie trente minutes plus tôt ce matin pour qu'elles ne fassent pas le chemin ensemble.
2. Drew et Fonda avaient marché chacune sur un trottoir pour ne pas le faire ensemble.
3. Elle avait fait semblant de ne pas remarquer Fonda de l'autre côté de la rue.
4. Elle avait fait semblant de ne pas remarquer Fonda assise à côté d'elle pendant quatre cours.
5. Elle avait déjeuné toute seule à la bibliothèque.
6. Elle s'en était fait virer parce qu'elle mangeait.
7. Elle n'avait pas vu Will pendant la pause-déjeuner.
8. Lui et Henry l'avaient fuie en skate après les cours.
9. Toute la famille Goldman était passée devant elle en voiture alors qu'elle rentrait à pied sans lui proposer de la déposer chez elle. (Fonda était sur l'autre trottoir à ce moment-là, et ils l'avaient ignorée aussi. C'était déjà ça.)
10. Elle savait ses anciennes meilleures amies juste à côté et elle ne pouvait pas leur parler.

Dans le documentaire, l'un des vétérans, un dénommé Mo, décrivait les douleurs fantômes de la jambe qu'il avait perdue dans des circonstances tragiques.

— C'est quoi, les douleurs fantômes ? demanda-t-elle à son frère.

— Une douleur réelle qu'il éprouve à l'endroit où sa jambe se trouvait.

La semaine dernière, Drew n'aurait pas compris comment une partie du corps pouvait causer une douleur physique si elle n'existait plus. Mais désormais, elle comprenait. Bien que tous ses membres soient intacts, Drew sentait encore Fonda et Ruthie dans son corps, alors qu'elles étaient parties pour de bon. Et c'était la pire douleur qu'elle avait jamais endurée.

— Je suis au courant de ce qui s'est passé avec tes copines, lâcha Doug, les yeux rivés sur l'écran.

— Comment ?

— Instagram.

— Super..., lâcha-t-elle avant de prendre le couteau dans l'assiette de son frère et de le lui tendre. Rends-moi service et coupe mes bracelets.

— Tous ? Tu es sûre ?

— Oui, autant tout péter.

Doug leva une jambe et lâcha un pet.

— Berk ! s'exclama-t-elle en lui donnant un coup de coussin sur les fesses.

— Quoi ? demanda-t-il en riant. Tu m'as demandé de péter !

Elle tendit de nouveau son bras.

— Allez !

Il trancha les huit cordons et recueillit les perles dans un bol vide. Drew eut un haut-le-cœur. Pourquoi avait-elle menti ? Elle aurait dû laisser à ses amies une autre chance de la soutenir. Elle aurait dû leur faire plus confiance.

— Je n'arrive pas à croire que tout ça est réel, dit-elle en fondant en larmes, incapable de continuer à faire semblant. Ruthie est furieuse contre moi ; je suis furieuse contre Ruthie. Fonda est furieuse contre moi ; je suis furieuse contre Fonda. Et je suis aussi furieuse contre moi-même, parce que…

— Stop ! lança Doug avant de péter de nouveau. J'y comprends rien à ces histoires, tu te souviens ? Balance-moi plutôt la partie avec Will.

Drew roula sur un côté, serra un coussin contre sa poitrine et lui raconta sa soirée avec Will. Tout depuis leur balade en skate au coucher du soleil jusqu'à la révélation sur Henry et « l'option » qu'il avait posée sur elle, l'emploi du verbe en A et la façon dont Ruthie avait tout gâché.

— Ouais, j'ai vu ça sur la vidéo. Tu as vraiment dit que tu ne l'aiderais pas s'il était blessé ?

— Techniquement, oui, mais…

— Ce n'est pas avec un comportement pareil que tu entreras dans une bonne école d'infirmière…

— Ce n'est pas mon entrée en école d'infirmière qui m'inquiète, là, tout de suite. C'est Will.

Doug serra les dents comme un émoji grimace et frémit.

— Il y a de quoi. Tous les invités se sont foutus de sa gueule et ce moment est devenu viral. Pas facile de se remettre d'un truc pareil.

— N'en rajoute pas ! protesta-t-elle en lui donnant un coup de pied sur la cuisse.

— Désolé, dit-il en éteignant la télé, soudain sérieux. Tu lui as parlé, depuis ?

— Non. Il est parti de la fête en courant et m'a évitée toute la journée.

— Qu'est-ce que tu comptes faire ?

— Lui dire que je suis désolée ?

— Non. Ne lui dis pas que tu es désolée. Montre-lui.

♥

Après dîner, Drew trouva l'adresse de Will dans l'annuaire de l'école et supplia Doug de l'y conduire.

— Attends-moi au bout de la rue, ordonna-t-elle.

— Pourquoi pas ici ?

— Parce que je ne veux pas que tu me regardes.

— Pourquoi ?

— C'est gênant.

— L'amour naissant l'est souvent, la taquina-t-il avant de démarrer.

Et il la laissa donc entrer par effraction sur la propriété du mec pour qui elle en pinçait à vingt heures trente, un ordinateur portable dans une main et un ballon de foot en mousse dans l'autre au milieu d'une décoration – ironique ou non – à base de nains de jardin.

Elle fit discrètement le tour de la maison à la recherche de la chambre de Will qu'elle trouva à l'arrière, surplombant la piscine (il avait une piscine !). Les rideaux étaient bleus, le mur couvert de posters de skate, et le lit défait. *Du Will tout craché*, pensa-t-elle. Elle se mit alors à prier pour qu'il apparaisse dans les dix prochaines minutes, car leurs parents ne voulaient pas qu'ils rentrent après vingt et une heures.

Huit minutes s'étaient écoulées quand Drew l'aperçut enfin. Elle lança le ballon contre sa fenêtre. Il jeta un coup d'œil dehors, puis disparut. Elle récupéra le ballon et le lança de nouveau. Puis encore une fois. Et encore.

Finalement, il ouvrit la fenêtre et cria :

— C'est bon, là !

Les mains tremblantes, Drew leva son ordinateur au-dessus de sa tête et passa une scène de *Skateboard Kid*. Celle où Rip le Skateboard s'anime, frappé par la foudre. « Je suis de retour, dit-il à Zack Tyler. Et je peux te dire que ça va rouler ! »

Drew était persuadée que ça le ferait rire. Ou du moins que ça lui donnerait envie de l'écouter.

Mais elle se trompait.

Will referma brusquement sa fenêtre avant même que la scène soit terminée. Drew pensa d'abord qu'il allait venir la rejoindre dehors pour accepter ses excuses. Elle posa donc son ordinateur dans l'herbe, serra sa queue-de-cheval et essuya ses paumes moites sur son bas de jogging. Puis elle attendit… et attendit… et attendit… Mais Will ne vint jamais.

CHAPITRE 25

Ava H. poussa son wrap à la dinde bio sur le côté et se pencha en avant.

— Bon…, commença-t-elle avec l'air de quelqu'un qui va raconter des ragots croustillants.

Pour le deuxième jour d'affilée, Fonda mangeait à la table des Avas dans le *Lunch Garden*, s'étant approprié la quatrième place.

— C'est quoi comme prénom, Fonda ? Norvégien ?

— Non, féministe. Ma mère a un faible pour les femmes fortes. Mes sœurs s'appellent Winfrey, comme Oprah, et Amelia, comme Earhart. Et moi Fonda, comme Jane.

— Temps mort, intervint Ava G. C'est qui, Fonda Jane ?

— Jane Fonda, en fait.

— Celle qui sauve les chimpanzés ?

— Non, ça c'est Jane Goodall, répondit Ava H. dans un battement de faux cils. Jane Fonda, c'est la meuf qui jouait Sue Sylvester dans *Glee.*

— Tu confonds avec Jane Lynch, la corrigea Fonda, sachant que Drew et Ruthie se seraient donné des coups de coude sous la table si elles avaient été là.

D'autant plus que les Avas ayant le même prénom, comme les Janes, elles auraient dû être sensibilisées à ce genre de confusions.

— Jane Fonda est une activiste des droits civiques qui a protesté contre la guerre du Vietnam et le changement climatique, expliqua-t-elle. Elle a aussi remporté des tas de prix en tant qu'actrice.

Mais ce n'était pas Jane qui les intéressait. C'était Fonda. Fonda Miller, la star du Post de la Soirée le plus visionné de l'histoire. Et la reine de l'ironie. Car quand une fille qui rêvait de se faire remarquer finit par y arriver et déteste ça, l'adjectif « ironique » est le plus adapté pour décrire la situation. En plus d'agaçante. Ce qu'elle était aussi.

Dans tous les couloirs, classes, toilettes, trottoirs et Starbucks où elle passait depuis vendredi soir, quelqu'un lui lançait un « Épique, ce PS ! » ou « Comme tu t'es fait griller ! ».

Au début, toute cette attention lui avait plu. Grâce à cette vidéo, Fonda était devenue célèbre, on l'associait aux Avas et tout le monde savait que, amicalement parlant, elle était disponible.

Sauf qu'elle ne l'était pas. Pas dans son cœur, en tout cas.

Expliquer son prénom à un nouveau groupe de filles était barbant. Décoder leurs *private jokes* était éreintant. Et se faire passer pour quelqu'un qu'elle n'était pas – la star enjouée et déjà réglée du PS –, exténuant. Avec Ruthie et Drew, tout avait toujours été facile et naturel, comme cela allait de soi avec de vraies meilleures amies. Mais Ruthie avait clairement dit que leur amitié était terminée. Et Drew ne lui avait pas accordé un regard depuis vendredi.

Fonda rangea son sandwich intact. Alors ça allait vraiment s'arrêter là ? Leur amitié était-elle vraiment terminée ? Elle interrogea sa boule magique numéro 8 intérieure. *C'est certain*, répondit celle-ci. En cours d'anglais, Fonda s'était rendu compte que Drew avait coupé ses bracelets d'amitié. Et quand elle avait aperçu Ruthie dans le couloir entre deux cours et qu'elle lui avait demandé ce qu'elle faisait là, Ruthie avait déguerpi. Mais était-ce vraiment fini ? Fonda était-elle devenue une Ava ? Cela faisait une éternité qu'elle désirait ça mais, maintenant que son vœu était exaucé, tout lui paraissait bancal. Comme si elle portait les tongs de quelqu'un d'autre, et qu'elles ne lui allaient pas. Le caoutchouc était usé à des endroits inhabituels, les empreintes des orteils n'étaient pas les siennes. De façon saisonnière, temporaire, elles pourraient éventuellement faire l'affaire. Mais Fonda voulait quelque chose de permanent. Quelque chose qui dure.

— Hé ho, tu écoutes, au moins ? demanda Ava R. en agitant la main devant le visage de Fonda.

— Ouais, désolée. Vous parliez de cheveux ?

— Je te demandais quand tu avais commencé à utiliser un fer à boucler.

Fonda toucha l'arrière de sa tête. À la place de ses cheveux lisses, elle sentit des boucles rebelles, irrégulières.

— C'est ma texture naturelle. Je ne les ai pas lissés ce matin.

— Oh, non, commenta Ava G. en faisant la moue. On préférait ta coiffure pas naturelle.

Elle coinça derrière son oreille une mèche soyeuse et lisse, révélant un reste de peinture dorée près de sa tempe.

— Devinez quoi ? lança Ava R. J'ai joué la carte FC aujourd'hui en cours de science. La première de l'année.

Elles se tapèrent toutes dans les mains, à part Fonda puisque, une fois de plus, elle n'avait pas la moindre idée de ce dont elles parlaient.

— Pourquoi ? demanda Ava G.

— On disséquait des grenouilles, j'ai pas supporté.

Fonda les laissa continuer un peu, espérant qu'elles révéleraient le sens de FC, car elle en avait ras le bol de leur demander ce que tout signifiait. Mais elle craqua :

— Ça veut dire quoi, FC ?

— Fausses crampes, répondit Ava R. Une excuse pour te sortir d'une situation désagréable.

Fonda haussa les épaules. Elle ne comprenait toujours pas.

— Des crampes menstruelles.

— Ouais, je n'ai toujours pas...

— C'est le prétexte que tu donnes quand tu ne veux pas participer à quelque chose.

— Ça marche super bien avec les profs hommes, ajouta Ava H. Fais-moi confiance, ils n'ont aucune envie de mettre ta parole en doute sur un sujet pareil.

Fonda aurait voulu utiliser les fausses crampes pour échapper à cette année scolaire et retrouver sa vie d'avant. Drew et Ruthie lui manquaient. Elles étaient ses chaussures solides et confortables. Parfaitement à sa taille.

♥

Fonda passa le reste de l'après-midi à mettre au point une stratégie. Au lieu d'écouter en classe, elle remplit des pages entières de poèmes d'excuses ringards et de stratagèmes élaborés pour récupérer ses amies. Mais ce fut seulement lors de la dernière heure, alors que tout le monde se changeait pour aller en EPS, qu'elle décida d'un plan.

— Coach Pierce, gémit-elle, les bras serrés sur son ventre.

Ce dernier cracha le sifflet qu'il tenait entre ses lèvres.

— Ne me dis pas que tu as oublié ta tenue.

— Non, je l'ai. C'est juste que je… (Elle grimaça, imitant les femmes qui accouchent dans les films.) Je crois que je ne vais pas pouvoir courir aujourd'hui.

Il croisa ses mains sur son ventre de Père Noël.

— Et pourquoi pas ?

— J'ai des crampes.

Il l'observa en plissant les yeux, comme s'il possédait une vision à rayon X lui permettant de lire dans le cerveau des gens. Elle grimaça de nouveau.

— D'accord, soupira-t-il. File.

Il lui tendit un mot et l'envoya à l'infirmerie, mais elle se dirigea vers la porte principale du collège.

Quand Fonda était en sixième, Joan avait adressé une lettre à la principale, dans laquelle elle autorisait sa fille à quitter le campus quand elle le souhaitait. « Si tu veux sécher les cours et être recalée, vas-y, avait-elle dit. Il s'agit de ton éducation, pas de la mienne. Personne ne devrait s'en préoccuper plus que toi. »

Fonda ne s'était jamais servie de cette lettre et avait juré qu'elle ne le ferait jamais. Mais aux grands maux, les grands remèdes. Rien ne comptait plus pour elle que de retrouver ses copsines.

♥

À quinze heures quarante-cinq, Fonda était en position sur sa pelouse, installée sur une chaise longue flanquée de deux sacs cadeaux. Inquiète à l'idée que son plan échoue, elle leva le visage vers le soleil pour absorber son optimisme. Trois corbeaux noirs étaient perchés sur le câble au-dessus d'elle.

Des copsines, pensa-t-elle. C'était bon signe.

Juste à ce moment-là, Drew et Ruthie apparurent (chacune d'un côté de la rue), se hâtant de rentrer chez elles.

— Attendez ! cria Fonda en se levant.

Les corbeaux s'envolèrent. Les filles continuèrent de marcher.

— Est-ce qu'on peut parler, s'il vous plaît ?

Comme elles approchaient de leur porte d'entrée, Fonda cria de nouveau :

— Arrêtez !

Elles obéirent, mais ni l'une ni l'autre ne se retourna.

— D'accord, vous n'êtes pas obligées de me regarder, mais ne partez pas.

Fonda prit une grande inspiration pour se calmer. Elle avait parlé à Drew et à Ruthie un milliard de fois dans sa vie, mais jamais ses mains n'avaient été aussi tremblantes, sa gorge aussi serrée. Et s'il était trop tard pour leur demander pardon ? Si elles ne voulaient plus jamais lui adresser la parole ? Si les seules amies qui comptaient pour elle avaient décidé qu'elle ne comptait plus ?

— Je vais dire certaines choses, commença-t-elle, et tout ce que vous avez à faire, c'est écouter. Si l'une des choses que je dis vous plaît, vous pourriez peut-être faire un pas vers moi. Sinon, je ne sais pas... Restez où vous êtes, j'imagine.

Elles ne bougèrent pas. Fonda releva une dernière fois le visage vers le soleil. *Tu vas y arriver*, semblait-il lui dire.

— Ces trois derniers jours sans vous ont été affreux. J'étais assise à la table des Avas pendant la pause-déjeuner, et je n'arrêtais pas de me dire : *Je préférerais manger sur la pelouse avec Drew en me languissant de Ruthie plutôt qu'être avec elles.* Pas parce qu'elles sont méchantes, mais parce qu'elles ne sont pas *nous*.

Les filles restèrent immobiles.

— Je suis désolée, poursuivit-elle. Je vous ai fait des trucs vraiment horribles, à toutes les deux.

Elle marqua une pause pour leur laisser le temps de se retourner, ou de faire un pas vers elle. En vain.

— Pas seulement en vous mentant. Enfin, bien sûr, c'était ça le pire, mais j'ai fait d'autres trucs horribles.

Toujours rien.

— Je voulais tellement que les Avas me remarquent, comme si j'étais une espèce de graine qui avait besoin de leur attention pour se transformer en fleur géniale avec qui tout le monde voudrait faire des selfies.

— Ça ne veut rien dire, marmonna Ruthie face à sa porte d'entrée.

— C'est une mauvaise comparaison. Ce que je voulais dire, c'est qu'elles ont fini par me remarquer, mais ça ne m'a pas rendue heureuse. Ça n'a pas résolu mes problèmes, et ça ne m'a pas donné l'impression d'avoir trouvé ma place. Ça m'a juste donné l'impression d'être une neuneu solitaire qui aurait dû savoir que ma place était avec *vous*.

Drew et Ruthie se retournèrent. La gorge de Fonda se desserra un peu.

— On était parfaites telles qu'on était, et j'ai voulu tout changer. Et pourquoi ? Pour impressionner des inconnues. C'était pathétique, désespéré et un véritable gâchis, parce que vous êtes les seules personnes que j'ai envie d'impressionner.

Ruthie fit un pas vers elle.

— Ruthie, je suis tellement fière d'avoir pour amie un génie avec une coupe chic à la française et qui n'a pas peur d'être exactement elle-même.

Un pas.

— Je n'aurais pas dû essayer de te transformer en quelqu'un comme moi ou Drew ou qui que ce soit, parce que ce que j'aime le plus chez toi, c'est que tu ne nous ressembles pas du tout. Tu es une licorne à peau pâle qui éternue des morceaux de puzzle et fait caca du yaourt glacé. Et je ne veux pas que ça change.

Un pas.

— Ça ne me dérange même pas que tu m'aies traitée de neuneu, parce que je l'étais. La plus neuneu de toutes !

Un pas. Puis un autre.

— J'aurais dû te dire que j'avais été invitée à cette fête et j'aurais dû te demander si on pouvait reporter le Spa-taculaire au lendemain. Et si ça t'avait fait de la peine, on aurait pu en parler. Mais je ne t'ai pas laissé cette possibilité, et je le regrette.

Un pas. Encore un.

Ruthie était suffisamment proche pour que Fonda puisse voir les arcs-en-ciel sur ses chaussettes.

— Et si jamais on m'invite à une autre fête, je n'irai que si vous êtes invitées aussi, ou alors je n'annulerai pas ce qu'on a déjà prévu.

Un pas.

Des bras.

Un torse.

Un câlin !

Tout le corps de Fonda se réchauffa et se ramollit lorsqu'elle inspira l'odeur familière du shampoing parfumé à la fraise de Ruthie. C'était le soulagement qu'elle éprouvait quand elle enfilait un jogging en rentrant chez elle après les cours. Elle n'avait plus besoin de faire d'efforts et pouvait enfin se détendre.

— Je préfère tes cheveux comme ça, souffla Ruthie quand elles se séparèrent. Tu ne trouves peut-être pas tes boucles élégantes, mais elles sont parfaites. Et, je suis désolée d'avoir dit que notre amitié était en miettes.

— Il ne faut pas, répondit Fonda en souriant. C'était une réplique cinq étoiles.

— Tu trouves aussi ? lança Ruthie, radieuse.

— Carrément.

Elles s'étreignirent de nouveau et, soudain, tout alla pour le mieux.

Presque.

Drew se tenait toujours devant sa porte d'entrée, comme une petite fille qu'une mère aurait oublié d'aller chercher à l'école.

— Je suis désolée de ne pas t'avoir crue quand tu disais que Will devait avoir une bonne raison d'être aussi bizarre. Manifestement, c'était le cas, sinon tu ne serais pas allée à la fête avec lui, pas vrai ?

Drew fit un pas vers elle.

— Et je suppose que tu as découvert quelle était cette raison.

Elle s'avança encore.

— Et si un jour tu me pardonnes, tu me diras quelle était cette raison, hein ?

— Seulement si tu arrêtes de dire le mot « raison », répondit Drew, qui se couvrit aussitôt la bouche.

Encore un pas.

Un frisson d'excitation remonta le long de la colonne vertébrale de Fonda. Sous toute cette douleur et ce ressentiment, elles étaient encore « elles ».

— J'étais anti-Will uniquement parce qu'il se comportait bizarrement, ce qui t'amenait toi aussi à te comporter bizarrement, et je pensais que tu méritais mieux. J'essayais de veiller sur toi. C'est tout.

Drew s'avança, mais Fonda la voulait encore plus proche. Elle voulait voir la cicatrice entre sa lèvre et sa narine gauche, celle qu'elle s'était faite en fonçant dans une branche, quand elles avaient neuf ans et qu'elles jouaient à colin-maillard.

— Je n'aurais jamais dû sortir l'excuse du poulet avarié pour aller à la fête, et je n'aurais jamais dû te donner l'impression que tu devais utiliser cette même excuse pour aller faire du skate avec quelqu'un. Et, la prochaine fois que tu iras, dis-le-moi. Je t'aiderai à mettre ton casque.

Drew fit deux pas géants et s'arrêta près du pare-chocs arrière de la Subaru de sa mère. Plus que quatre, et Fonda verrait cette cicatrice.

— Tu es une fille super qui n'a pas peur de porter des protections de skate à une fête.

Un pas.

— Et Will doit être super aussi, s'il trouvait ça drôle.

Un pas.

— Tu es hyper craquante et tu vas sans doute te faire inviter des milliers de fois à des sorties skate cette année. Et je veux être là pour te prendre en photo et te serrer dans mes bras avant que tu y ailles.

Un pas.

— Et je veux que tu me racontes tout en rentrant.

Un pas.

Une cicatrice.

Des bras.

Un torse.

Un câlin !

— Je suis désolée d'avoir donné l'excuse du poulet avarié. J'aurais dû vous dire la vérité, dit Drew alors que Ruthie se joignait à leur étreinte. J'avais honte d'en pincer pour Will alors que vous pensiez que j'avais tort. Et je suis aussi désolée d'avoir ignoré cette histoire de couleur du jour. C'est juste que j'en avais vraiment ma claque des uniformes et…

— Ce n'est rien, la coupa Fonda. Je comprends. Je n'aurais jamais dû vous dire quoi porter. Mais vous savez ce que je regrette le plus ?

Ses amies secouèrent la tête.

— D'avoir perdu quatre jours sans vous.

Quand elles se serrèrent encore dans leurs bras, Fonda regarda le câble téléphonique et sourit. Les trois corbeaux étaient revenus.

— À partir de maintenant, je veux tout savoir sur le THP et sur Will. Tout ! N'omettez pas un seul dé…

Drew se ratatina.

— Will ne me parle plus.

— Et je me suis fait virer du THP.

— Quoi ? C'est pour ça que je t'ai vue dans le couloir ?

Ruthie hocha la tête, trop bouleversée pour parler.

— Alors on va régler ça, promit Fonda.

— Comment ? demanda Drew.

Fonda tapa « aucune idée » en code Morse avec ses mains, ce qui les fit rire.

— Attendez, j'ai des cadeaux !

Elle leur tendit un sac chacune et les regarda fièrement passer la main sous le papier de soie et sortir les trousses menstruelles blanches à pois rouges.

— Merci, dit poliment Ruthie, mais on n'a pas encore nos règles.

— Ouvrez-les.

Elles obtempérèrent, s'attendant sans doute à trouver des sachets en plastique, des sous-vêtements, des serviettes hygiéniques, des lingettes pour bébé et des Smarties, mais Fonda n'était pas neuneu. Elle ne l'était plus.

— Des nouveaux bracelets d'amitié ! s'écria Drew.

— Où est-ce que tu les as faits ? demanda Ruthie en admirant la rangée de perles dorées.

— J'ai séché le cours d'EPS pour aller à Gem House.

— Trop cool, cette lettre de Joan, commenta Drew avant de jeter un coup d'œil au poignet de Fonda. Où est le tien ?

Fonda fouilla la poche de son jean et en sortit son bracelet assorti, qu'elle enfila. Ses amies l'imitèrent.

— Bon, on est réconciliées ?

— Oui, répondirent-elles.

Alors elles s'enlacèrent et tombèrent dans l'herbe, comme sur la photo du tableau de visualisation de Fonda. Sauf que, cette fois, elles ne laisseraient rien ni personne les séparer.

CHAPITRE 26

Ruthie et ses parents se promenaient en ville après dîner, profitant de la soirée et des effluves de l'océan en mangeant une glace. Mais au lieu d'admirer les galeries d'art et d'applaudir les artistes de rue, Ruthie extrayait de son pot les derniers morceaux de roulé à la cannelle, espérant faire durer son dessert le plus longtemps possible. Car, dès l'instant où son pot tomberait dans une poubelle, quelque chose de grave se produirait. C'était toujours comme ça.

La dernière fois qu'ils étaient sortis prendre une glace après dîner, ses parents lui avaient annoncé qu'ils avaient dû faire piquer son chien. La fois d'avant, que papi Stu avait eu une crise cardiaque.

Et celle encore avant, que Grincheux le chat était mort.

— C'est un nouveau bracelet ? demanda Fran en portant à sa bouche une cuillérée de sorbet à la mangue.

— Oui, Fonda me l'a offert hier après les cours.

— J'aime cette couleur dorée.

— Moi aussi.

— Donc vous êtes à nouveau amies ?

— Ouais, répondit Ruthie, restant volontairement concise.

À défaut de pouvoir éviter la mauvaise nouvelle, autant en finir vite. L'appréhension lui donnait des gaz.

— Et avec Drew ? demanda son père.

— Tout va bien.

Fran et Steven échangèrent un de leurs regards entendus. Incapable d'en supporter davantage, Ruthie jeta son pot. C'était le moment.

— Devine quoi ! commença Fran.

C'est parti…

— Papa et moi avons entendu parler d'un nouveau collège privé génial spécial THP à San Clemente. Il s'appelle Expansions et…

— San Clemente ? s'écria Ruthie. Mais je ne veux pas changer de collège !

— Tu ne peux pas rester à Poplar, intervint Steven.

— Pourquoi ?

— On pense que cet établissement a une mauvaise influence sur toi.

Ruthie n'avait pas besoin d'avoir de très hautes capacités pour comprendre ce qui se passait.

— Saboter mes contrôles était *mon* idée, je le jure ! Fonda et Drew n'étaient pas au courant. Si je leur en avais parlé, elles ne m'auraient jamais laissé faire.

— Ça ne change rien au fait que tu ne seras pas stimulée par le programme standard, rétorqua sa mère.

Elle avait raison. Ces deux derniers jours, Ruthie avait suivi les cours normaux, et elle avait dû mémoriser le premier chapitre d'*Outsiders* pour rester éveillée. Son cerveau allait fondre si elle devait se contenter de contenus qu'elle connaissait déjà. Mais c'était son cœur qui fondrait si elle devait de nouveau quitter ses amies. Les larmes lui montèrent aux yeux. Vous voyez ? Elle était *déjà* en train de fondre.

— Concentrons-nous sur les solutions, reprit Steven. Ta mère et moi pensons que t'inscrire à Expansions serait une très bonne option. Mais nous sommes ouverts à toute autre suggestion. Ce que nous refusons, en revanche, c'est de te laisser dans un programme qui freinera ton instruction.

— Et si je peux réintégrer le THP ?

— Ça voudrait dire que tu es une meilleure plaideuse que moi, ma fille, répondit son père en lui ébouriffant les cheveux.

♥

Ruthie passa toute la soirée à étudier les livres de droit de son père, à la recherche d'un précédent qui empêcherait légalement Diarra de baser sa décision sur un unique – quoique majeur – faux pas. À deux heures du matin, sa détermination commençait à avoir sommeil. Elle aurait voulu jeter un caillou à la fenêtre de Fonda pour la réveiller. Lui rappeler qu'elle avait promis de l'aider à régler ça et l'obliger à tenir sa promesse. Et puis, elle se rendit compte que son amie l'avait déjà aidée.

Quand elle s'était excusée, la veille, elle n'avait pas utilisé de jargon juridique ni exposé de faits percutants. Elle avait été sincère, contrite. Elle avait assumé ses responsabilités et demandé leur pardon. Elle ne s'était pas adressée au juge, mais au jury. Pas au cerveau, mais au cœur.

Ruthie passa donc les heures suivantes à travailler sur une dissertation intitulée : « Les Titans sont des héros perfectibles. » Elle rappelait que Zeus avait banni ses camarades divins dans le Tartare, ce qui était extrêmement cruel et sévère. Elle proposait de réécrire l'histoire des Titans pour qu'ils ne soient plus bannis et qu'ils aient une chance de réparer leurs torts. Car toute personne, aussi intelligente soit-elle, devrait avoir le droit de commettre des erreurs. Comment apprendre à les réparer, sinon ?

Biiiip. Biiiip. Biiiip.

L'alarme du réveil de Ruthie se mit à sonner. Il était six heures quarante-cinq. Si elle avait dormi, il aurait été l'heure de se lever. Au lieu de ça, elle souffla un baiser porte-bonheur à son écran d'ordinateur et envoya sa dissertation à Diarra. Puis elle prit une douche et consulta sa boîte de réception. Rien. Elle s'habilla et vérifia encore. Rien. Elle prit son petit déjeuner. Rien. Se brossa les dents. Rien. Dit au revoir à Foxie. Rien. Donna un coup de pied dans son bureau. Toujours rien.

Les yeux brûlants et l'orteil douloureux, elle partit au collège avec Drew et Fonda. Elle aurait aimé être aussi heureuse qu'elles à la perspective d'être en cours ensemble. Néanmoins, tout avait changé désormais. Ruthie avait une foi nouvelle en leur relation et savait qu'elles resteraient copines, qu'elles mangent ou non toutes les trois le midi. Leur dispute, ou plutôt leur réconciliation, lui avait apporté un sentiment de sécurité dont elle ignorait autrefois avoir besoin. Elles n'allaient pas continuer leur vie sans elle. Elles n'en avaient pas *envie*. Ruthie pouvait nourrir son cœur *et* son cerveau, avec leur soutien. Et leurs louanges, même. Mais Drew et Fonda ne pouvaient plus rien pour elle désormais. La décision était entre les mains de Diarra, qui n'avait toujours pas accusé réception de sa dissertation quand retentit la sonnerie de début des cours.

Alors que Ruthie s'installait timidement en classe de biologie (toujours sans Drew ni Fonda !) et tentait de s'habituer à la dureté de son siège en bois, la principale Bell passa la tête dans la pièce et dit :

— Mademoiselle Goldman, prenez vos affaires et suivez-moi.

Ruthie se leva brusquement. Tout tournait autour d'elle.

— Est-ce que mes parents vont bien ?

— Tout le monde va bien, la rassura la principale alors qu'elles s'engageaient en toute hâte dans le couloir vide.

— Alors que se passe-t-il ?

— Vous êtes en retard.

— Mais…

La principale lui tendit un billet de retard. À côté du numéro de salle, il indiquait THP.

— Dépêchez-vous.

Ruthie serra la principale dans ses bras, à deux reprises, puis elle partit en courant.

— Bienvenue chez toi ! lança Diarra avec un grand sourire indulgent quand Ruthie entra dans la classe.

Sage lui décocha un sourire et Tomoyo et Everest levèrent le pouce. Ruthie s'assit sans la moindre hésitation sur son ballon. Elle était de retour !

— Les Titans, reprit Diarra d'un air grave, on ne devrait jamais juger quelqu'un sur ses erreurs, mais plutôt sur ce qu'il fait pour les corriger. Maintenant, dites-moi tous : les Titans sont des héros…

Ruthie agita une main en l'air.

— Passionnants. Les Titans sont des héros passionnants.

— En effet, dit Diarra, tout sourire.

Le reste de la journée passa en un clin d'œil, et quand Ruthie sortit de sa classe avec Sage, Drew et Fonda l'attendaient.

— On a appris qu'ils t'avaient réintégrée ! s'exclama Fonda.

— Félicitations ! dit Drew en lui donnant un muffin nature. Je n'avais pas assez d'argent pour un cupcake.

— Tu vas vraiment partir avec ces neuneus ? demanda Sage.

— Bien sûr, répondit Ruthie avec fierté. Ce sont mes meilleures amies.

Sage baissa le menton et les regarda par-dessus la monture noire de ses lunettes.

— Sérieusement ?

Ruthie était choquée. Elle aimait bien Sage et pensait qu'elles pourraient devenir amies. Elle adorait ses copsines et ne voulait pas les perdre à nouveau. Mais si elle ne trouvait pas un moyen de rapprocher leurs univers, Sage les prendrait toujours pour des idiotes, et ses copsines pour une snob.

— Ruthie et Fonda ne sont pas neuneus, dit-elle à Sage. Ce sont les personnes les plus futées que je connaisse. Et tu n'es pas une idiote non plus.

— Qui a dit que j'étais une idiote ?

— Tous ceux qui t'ont déjà entendue traiter quelqu'un de neuneu.

— Ouais, acquiesça Fonda, c'est une insulte de maternelle.

— Correction : une insulte de crèche, intervint Drew. C'est dire à quel point tu es neuneu.

Sage fronça les sourcils, prête à lancer une attaque verbale en règle.

— Arrêtez d'employer le mot en N ! s'agaça Ruthie. Il n'y a pas de N ici. Je ne pourrais pas être amie avec une N.

Sage ricana d'un air moqueur.

— Et je vais le prouver, insista Ruthie.

— Ouais ! Un concours d'orthographe !

— Non, Sage. Une invitation. Viens passer du temps avec nous dimanche.

Elle n'osait pas regarder Fonda et Drew, qui devaient la fusiller du regard. Car elle n'avait pas l'intention de reculer. Elle était un Titan, après tout. Et les Titans sont des héros persévérants.

— Vraiment ? demanda Sage, plus méfiante que flattée.

— Oui, vraiment.

— Que diriez-vous d'un yaourt glacé ?

— Pourquoi pas ? répondit Drew, qui s'efforçait visiblement de masquer son enthousiasme.

— Avec des garnitures ? s'enquit Fonda.

— À volonté.

— J'aime bien les garnitures, reprit Fonda avec prudence.

— Super. Parce que j'ai une carte-cadeau de chez Fresh&Fruity. Je l'ai reçue pour mon anniversaire, l'année dernière, et elle va bientôt expirer. Il y a pile de quoi payer quatre coupes moyennes.

— Comment ça se fait que tu ne l'aies pas encore utilisée ? demanda Drew, un peu plus chaleureusement.

— Ce n'est pas drôle d'y aller toute seule.

Et, pour la première fois, elles tombèrent toutes d'accord.

CHAPITRE 27

DREW FIT SPONTANÉMENT LA ROUE alors qu'elles rentraient chez elles, après les cours. Non, Will ne lui avait pas pardonné, mais ça n'avait pas d'importance. Elle avait deux raisons de se sentir heureuse, et ces deux raisons marchaient à côté d'elle en papotant, arborant leurs bracelets de perles assortis. Parfois, il n'en fallait pas plus.

— Vous voyez ? lança Ruthie. Sage n'est pas si affreuse que ça.

— Personne ne l'est une fois qu'on apprend à se connaître, répliqua Fonda du ton moqueur qu'elle employait pour imiter sa mère.

— À part Will, dit Drew, se surprenant elle-même.

Trois jours s'étaient écoulés depuis ses grandes excuses, et elle se répétait depuis qu'elle était passée à autre chose. Mais ses sentiments pour lui étaient un peu comme des rots – des bulles qui remontaient sans crier gare et devaient être relâchées. Ensuite seulement, elle se sentait mieux et pouvait aller de l'avant. Était-elle encore un peu nerveuse quand elle Will-rotait à haute voix ? Oui mais, jusqu'à présent, Fonda avait été fidèle à sa parole. Elle ne la jugeait pas et n'essayait pas de résoudre quoi que ce soit. Elle se contentait d'écouter et de compatir chaque fois qu'il le fallait.

— Je n'en reviens pas qu'il ait rejeté mes excuses comme ça.

— On récapitule, dit Fonda. Tu t'es excusée, et il t'a fermé sa fenêtre au nez ?

— Plus ou moins, oui.

— Plus ou moins ?

— Eh bien, je n'ai pas vraiment dit « je suis désolée », mais…

— Alors tu ne t'es jamais vraiment excusée ? demanda Ruthie.

— J'estime qu'aller chez lui, lancer un ballon en mousse contre sa fenêtre pendant un quart d'heure et ensuite lui passer une scène du *Skateboard Kid* compte comme une excuse.

À la façon dont ses amies la regardaient, il était clair qu'elles n'étaient pas du même avis.

— O.M.G, regardez ! s'écria Ruthie.

Elle désignait un garçon étendu par terre, de l'autre côté de la rue, tandis que son skateboard s'éloignait en roulant sur le trottoir.

Will !

Et il était blessé !

Le cœur de Drew se mit à galoper, ses mains à trembler. Elle devait l'aider.

— J'arrive ! cria-t-elle.

Elle regarda des deux côtés puis traversa Fontana Avenue en courant. Quand elle arriva à son niveau, Will la chassa d'un geste de la main, comme si elle n'était qu'une vieille chaussette puante.

— Je n'ai rien.

— Ça, c'est ce que tu dis. Mais je dois écarter une possible atteinte de la colonne. Est-ce que tu peux remuer les orteils ?

— Je te dis que ça va, insista-t-il en essayant péniblement de s'asseoir. Je me suis juste éraflé le dos.

Elle s'accroupit et, lentement, délicatement, l'aida à se redresser.

— C'est à moi d'en juger. Pourquoi est-ce que tu ne portais pas de casque ?

— Sur mon dos ?

— Ce ne serait pas une mauvaise idée, vu la fréquence de tes accidents, dit-elle en riant, amusée par cette image, avant de reprendre sa voix d'infirmière. Tu veux bien relever ta chemise pour que je jette un coup d'œil ?

— Sérieusement ?

— Sérieusement.

Will ramena un bras en arrière, saisit le bas de sa chemise et grimaça.

— On dirait que tu t'es aussi fait mal au bras.

Il se contenta de grogner.

Après investigation, Drew conclut qu'il souffrait d'une abrasion mineure. Il avait perdu environ un centimètre cube de sang, ce qui n'était pas suffisant pour causer des vertiges ni justifier une transfusion. Néanmoins, il fallait nettoyer et panser la blessure. Mais comment ?

Cherchant dans son sac à dos une serviette ou un mouchoir en papier, elle ne trouva qu'un classeur, sa tenue de sport sale, un muffin nature et la pochette menstruelle que lui avait offerte Fonda, et dont elle se servait comme d'une trousse.

La pochette menstruelle !

— Fonda ! cria-t-elle d'un ton pressant. J'ai besoin de toi. Tout de suite !

Fonda et Ruthie se précipitèrent vers elle, manches retroussées, prêtes à aider.

— Est-ce que tu as ta pochette menstruelle ?

Sans hésiter, Fonda la sortit de son sac à dos et la flanqua dans les mains de Drew.

— Est-ce que tu as besoin d'huiles essentielles ? demanda-t-elle.

— Non.

— De Smarties ?

— Oui, répondit Drew en ouvrant la bouche pour que son amie y dépose quelques friandises.

— Hé, je vous dis que ça va ! intervint Will.

— Monsieur, essayez de vous détendre, répliqua Drew. Vous avez perdu beaucoup de sang. Vous n'avez pas les idées claires.

— Monsieur ? ricana-t-il. Qu'est-ce qui se passe, là ?

L'ignorant, Drew ouvrit la pochette et, comme elle l'espérait, trouva une serviette hygiénique. Elle posa la partie en coton contre l'égratignure, appuya la bande collante contre la chemise de Will, et appliqua une pression directe sur la plaie.

— Je crois que c'est bon, dit Will en se levant.

— Ça va aller ? demanda Drew en guidant le bras de Will jusqu'à la serviette hygiénique. Continue d'appuyer là-dessus jusqu'à ce que tu sois chez toi.

— Comme tu veux, répondit-il en boitant vers sa planche.

— Will !

Il se retourna tel un grand-père arthritique.

— Je suis désolée.

— De quoi ?

— D'avoir dit que je ne traverserais pas la route pour toi. Je le ferais. Je *l'ai* fait !

— Ouais, je suppose que c'est vrai, répondit-il, retrouvant son sourire pétillant. Merci.

Il ne lui prit pas la main. Ne la félicita pas pour le sang-froid dont elle avait fait preuve malgré la pression. Mais il la regardait comme ce soir-là sur la véranda d'Ava G., et c'était encore mieux. Ça voulait dire que l'histoire entre Drew et le garçon à la serviette hygiénique sur le dos n'était pas terminée. Qu'elle ne devait peut-être pas lezzer tomber.

CHAPITRE 28

— **Attendez**, dit Winfrey, il est vraiment reparti en pleine rue avec une serviette hygiénique collée sur le dos ?

Elle ne se lassait pas de cette histoire, et Amelia non plus. Sinon, pourquoi seraient-elles dans le salon un vendredi soir, en train de partager une pizza avec Fonda, Drew et Ruthie ? Elles avaient des tenues à préparer, des fêtes où aller, des cœurs à briser.

— Hé, commença Amelia en prenant une troisième part. Que dit la serviette hygiénique au pet ?

— Aucune idée, répondirent les filles.

— « Préviens si tu passes en coup de vent ! »

— Quelle est la série préférée de Will ? rebondit Winfrey. *La Serviette écarlate* !

Fonda riait si fort qu'elle faillit s'étrangler avec un champignon.

— Qu'a dit la mère de Will quand elle a vu qu'il s'était blessé ? lança-t-elle : « Ça te serviettera de leçon ! »

— Quel est le personnage de la mythologie grecque préféré de Will ? renchérit Ruthie : Iphigiénique !

— Allez, les filles, arrêtez avec ces blagues, intervint Drew. Imaginez si ça fuite !

Fonda crut qu'elle allait vomir de rire juste là, sur le tapis à poil long. Au lieu de ça, elle sentit un petit filet humide s'échapper de son corps et mouiller sa culotte.

C'était en train d'arriver. Ses règles arrivaient vraiment ! Elle avait entendu dire que se trouver à proximité d'une personne ayant ses règles pouvait en déclencher chez d'autres, mais elle n'aurait pas imaginé que parler de serviettes hygiéniques aurait le même effet !

— Je reviens tout de suite ! annonça-t-elle en se précipitant aux toilettes, pour la dernière fois en tant qu'enfant.

Quand elle en ressortirait, elle serait une femme, digne des soins du visage de Katrine, des sablés à la cannelle pour le dîner et des secrets de ses sœurs. Sa mère lui apprendrait à se servir d'un tampon et, la prochaine fois qu'elle traînerait avec les Avas, elle pourrait sortir l'excuse des crampes pour de vrai !

Porte verrouillée et lumières vives allumées, elle défit son bas de jogging, puis marqua une pause pour honorer son dernier moment d'enfance. Alors, elle prit trois grandes inspirations et, à la quatrième, baissa son pantalon et…

— Quoi ?

Sa culotte était très légèrement humide, mais pas rouge. *Comment est-ce possible ?* Fonda s'essuya pour en savoir plus : elle ne vit qu'une vague trace jaune sur le papier toilette.

En réalité, le filet de sang qu'elle avait senti était un filet de joie car, parfois, elle faisait pipi de joie.

Si cette fausse alerte avait eu lieu un mois, une semaine ou même un jour plus tôt, Fonda aurait reproché à son corps de mettre trop longtemps à rejoindre le club des R. Mais, ce jour-là, elle se contenta de se laver les mains et de redonner du volume à ses boucles. Ce n'était pas l'occasion qu'elle avait eue en tête, mais elle était quand même en or.

Le lendemain matin, une fois ses amies rentrées chez elle, Fonda sortit son tableau de visualisation de sous son lit et se mit à arracher les images collées dessus. Elle retira les tenues stylées, le cercle rouge, le collège Poplar et même la prédiction scotchée tout en haut.

Elle ne conserva qu'une seule chose : la photo de Drew, Ruthie et elle en train de rire dans l'herbe, car c'était la seule qui comptait.

Ça au moins, c'était réglé.

Remerciements

Si vous êtes arrivés jusqu'ici, ça veut dire :

A) que vous avez sincèrement aimé *Collégiennes* et que vous n'avez pas envie que ça se termine,

B) que vous êtes punis ou confinés et que vous vous ennuyez à mourir,

C) que le Wifi est en panne,

D) que vous avez contribué à ce roman et vous demandez si j'ai eu la correction de vous remercier.

Quelle qu'en soit la raison, je suis heureuse de votre présence. Il me semble important de citer les gens géniaux qui m'aident à transformer des idées bancales en livres. Sans eux, vous liriez une pile de Post-it trempés de larmes.

Jennifer Klonsky, présidente et éditrice chez Putnam Young Readers, est l'étoile Polaire et la championne de cette série. Elle possède une vision inébranlable et un humour hors du commun. Genre, on n'entend aucun rire forcé quand elle est dans la pièce. Aucun.

Merci à Jen Loja, présidente de Penguin Young Readers, pour ton soutien infaillible.

Mes amis et collaborateurs de longue date à Alloy Entertainment méritent également d'être mis à l'honneur. Josh Bank, Sara Shandler et Lanie Davis – vous êtes les meilleurs dans ce business. Votre génie et vos conseils n'ont pas de prix ; il n'y a rien de tel que de rire avec vous pour brûler des calories. Vous avez tout mon amour et ma gratitude.

Merci aux négociateurs : Richard Abate, mon agent qui déchire, psy et confident depuis dix-huit ans. James Gregorio, mon avocat à la voix de velours. Et Romy Golan, qui, en vendant ces livres à l'étranger, donne l'impression que je suis capable d'écrire dans plusieurs langues.

Merci à Olivia Russo, Christina Colangelo, Kara Brammer, Carmela Iaria et Alex Garber, pour votre travail de relations publiques et pour votre génie du marketing. C'est grâce à vous que ce roman est lu.

Merci à Jessica Jenkins et Judit Mallol pour cette couverture fabuleuse. Merci à Suki Boynton d'avoir fait en sorte que l'intérieur soit tout aussi fabuleux. Les correctrices Ana Deboo, Jacqueline Hornberger et Cindy Howle vous ont sans doute fait croire que j'étais hyper forte en grammaire, à l'école. Ce n'était pas le cas. Elles oui, en revanche.

Merci à Caitlin Tutterow d'avoir fait en sorte que tout se passe aussi facilement.

Merci, JJ Hutcheon, de m'avoir toujours donné ton point de vue quand j'avais besoin de toi. Merci aux collégiennes de mon club Laguna Beach Clique. Vous m'inspirez chaque jour, et c'est un immense honneur de vous connaître.

Enfin, merci aux voix dans ma tête. Trente-cinq livres plus tard, vous êtes encore là. Ne partez jamais.

Bisous, Lisi.

Composition et mise en pages
Nord Compo à Villeneuve-d'Ascq

Achevé d'imprimer sur Roto-Page
en juillet 2024
par l'Imprimerie Floch à Mayenne.
Dépôt légal : septembre 2023
N° 151654-7 (105180)

Imprimé en France